息子たちよ

北上次郎

早川書房

息子たちよ

はじめに

二十年間、家に帰らなかった。

いや、毎週一日は帰宅していたから、まったく帰らなかったわけではない。帰宅するのは日曜の夕方である。で、月曜の昼に出社して、あとはずっと会社にいた。

もっと具体的に書くと、昼から夕方までは雑事で埋められていく。雑事と言ってはいけないな。それも重要な仕事である。月刊雑誌を作っていたので、現在進行中の仕事もあれば、次号の準備もあり、さらに二号先の企画もある。いつも三号同時に進行していた。それらのことに関してのさまざまな打ち合わせがある。少ない人数で作っていたので、社長の私だけでなく、みんなが多くの仕事をかかえていた。それに単行本もある。こちらの制作はずっと一人だったので、私がデスクがフォローしなければならない。こちらはいつも同時に四～五冊が進行していた。

さらに、毎日ひっきりなしに電話がかかってくる。その応対もしなければならない。一息ついたら駅前の書店に行って、その日の新刊をチェックしなければならない。帰りには喫茶店に寄ってコーヒーを飲みながらスポーツ新聞をチェック。もちろんそれは個人的な趣味にすぎないが、そこから仕事が生まれたこともあるから、まったくのプライベートというわけでもない。

帰社したらもう晩飯で、今日は何食べるの？　と聞かれる。毎日のことだから決めるのも面倒だ。晩飯後は自分の担当ページの入稿やら、これ今日中に読んでおいてくださいと担当者から渡された原稿読み。それらをようやく片づけるのは夜中の十二時で、そこからは自分の仕事。新刊を読み、原稿を書き、明け方に就寝。で、翌日の昼過ぎに起床、という繰り返しだった。

それでもそれだけなら、土曜日曜は空くはずなのだが、生憎《あいにく》なことにここに競馬が入ってくる。週末は土曜の朝方まで仕事をすると、そのまま徹夜状態で競馬場に直行するのである。これはもちろん個人的な趣味だが、別名を使って競馬エッセイを書いているので、私自身の仕事でもある。土曜は夕方まで戦うとそのまま会社に戻り、晩飯を食べて翌日分の検討をすると早めに会社のソファで就寝。徹夜で競馬場に出かけたから、すぐに睡魔に襲われる。日曜は早朝から競馬場にいくので、夕方一週間ぶりに帰宅したときには疲労困憊《こんぱい》というのがいつもの状態であった。

会社に泊まることを社員に強いていたわけではないので、ブラック企業ではなかったと思う。自分は毎日帰宅するよりも会社に泊まったほうが仕事がはかどるのだ。それは会社の仕事以外に、筆名を使った自分の仕事、さらに週末の競馬、という三つが重なっていたから、通勤の時間がもったいないとの事情があった。

いや、一人で泊まっていたわけではない。いつもデスクの浜本茂《はまもとしげる》（現・本の雑誌社代表取締役）が一緒だった。月曜から金曜まで一緒に泊まり、土曜の朝、一緒に競馬場に出かけ、土曜の夕方社に戻って晩飯を食べ、翌日の検討をしていると、「いま、何レース？　8レースを一緒に検討しましょうよお」とか彼が言うのだ。で、日曜の朝また一緒に競馬場に出かけ、日曜の夕方、「じゃあな」と別れ、月曜にまた会社に集合するから、その二十年は浜本茂と一緒に過ごした二十年と言ってもいい。

問題は、そういう生活を続けた二十年というのは、息子たちがまだ幼なかったときだ、ということである。まだ父親を必要とする時期だった、とも言えるかもしれない。日曜の夕方に帰宅するといっても、十二時には就寝するわけだから、七時から十二時までその間五時間にすぎない。翌日の月曜に起きたときには息子たちはもう学校に出かけているので会うこともない。つまり私は毎週、「五時間の父親」であった。

もちろん、帰宅することは稀であっても、その間家族を、息子たちのことを忘れたわけではない。父親の自覚が少々足りないことは否定できないが、小説を読んでいて幼い子供が出てくると、わが子を思い出して胸がキュンキュンするのである。特に親の愛に恵まれない少年の話は、穏やかな気持ちで読めない。

たとえばこれは小説の話ではなく、テレビで見たドキュメンタリーの話だが、親に預けられた施設を取材した番組を見た。十年ほど前なので、記憶も曖昧《あいまい》で、何かの番組のひとつのコーナーだったのかもしれない。

その施設で暮らすさまざまな子供たちを取材した番組なのだが、その中に小学五年生の男の子がいた。また来年も取材に来るよ、とカメラをむけると、来年はここにいないかも、と少年が言う。どうして？　との質問に、お父さんがもうすぐ迎えに来るって言ってた、との返事だった。その翌年、またその施設に取材にいくと、その男の子がいない。その理由を聞くと、門限を守らなかったり、規則を破るようになったので、ここよりもっと厳しい施設に行ったという。少年の父は結局、彼を迎えに来なかったようだ。

テレビの取材はそこで終わっていたので、その少年がその後どうなったのかはわからない。いまでも時折、彼のことを思い出す。その少年が俯《うつむ》いていたり、暗い顔をして過ごしているのを想像するのは辛い。なんだか胸が痛くなる。だから、その彼が小さな善意に囲まれて、笑顔で暮らしている姿を、私は想像している。そう思わなければ、辛くて、やりきれない。

二十年間も帰宅せず、父親の自覚がないくせに、私はそういうセンチメンタルな男だ。そんな私が息子たちを想いながらひそかに書いた読書報告が本書だ。

目次

はじめに　3

第一章　ジャックがいたころ　11

赤子が誕生したとき　13
僕、小学二年生だよ　18
サンタクロースは本当にいないのか　23
多摩テックのこと　28
家族で旅行に行ったこと　33
夢が実現できなくても　37
ちょっとしたこと　41
幼子の笑顔　46
はるか昔のこと　51
兄と弟　55
いやだなあ、お父さんに似ちゃって　60
受験と就職　65
どうして仲がいいのか　69
美晴さんランナウェイ　74
印刷屋になります　79
愛とお金とセックス　83
いちばん辛いことは何か　87
我が家の愛犬ジャックのこと　92

第二章　家を出る季節

家を出る季節　105
熱海の夜　107
一枚の写真　111
お前も淋しくないか　116
禁煙した日　121
犬は家族の記憶である　126
家族であることの意味　130
さまざまな旅　135
犬を飼うこと　140
本を読むこと　144
初めてコーラを飲んだ日　149
家を出る季節　154
父の愛　159
仕事か私生活か　164

第三章　ゆっくりと生きろ　169

いま着ている服を好きになること　171
無限の荒野について　176
気楽に気長にやればいい　181
攻めの姿勢でいけ　186
今度はいつ帰ってくるの？　191
自由に生きる　196
君の人生は気が遠くなるほど長い　201
近所の焼肉屋に行った夜　206
俯いていたころ　210
私たちの老後　214
一生の友でなくてもいい　219
新しい季節　224
文学が作りだした産物だ　229
ダメ男が好き　234
息子たちよ　239

あとがき　247

題字は著者によるものです。

第一章

ジャックがいたころ

赤子が誕生したとき

生まれてから三歳までの間に一生分の親孝行をする、という名言がある。

赤ん坊の笑顔は可愛い。その笑顔を見るだけで、仕事の疲れもストレスもすべて雲散霧消《うんさんむしょう》してしまうという人は少なくない。多くの父親は帰宅して、赤ん坊の笑顔を見れば、その無防備な笑顔にほっと心がなごんでいく。つまり、そのとき赤ん坊は親に生きる気力を与えているわけで、その意味で、子は無意識のうちに親孝行していることになる。

あるいは二歳のころ、幼子は父親が帰宅すると待っていたように玄関に飛んでくる。父親の胸に弾む体を押しつけてくる。外でどんなに辛いことがあっても、ぐりぐり体を押しつけてくる幼子を胸に抱くだけで、頑張らなくちゃなと思うのは、経験者なら誰にも身に覚えがあることだ。ここでも幼子は親孝行していることになる。

ようするに、幼い子はそこにいるだけで、笑顔を見せるだけで、親孝行をしているということだ。だから、中学に入ってグレたり、高校に入って親と口を利かなくなっても嘆いてはいけないのだ。我々は先に利息を貰っているのだから。一生分の親孝行を先にしてもらっているのだから。

実際には三歳までというよりも、五～六歳までだろう。小学校に入って友達が出来るまでだ。自分の家の他にも世界があることを知るまでだ。それまでは、親だけが彼らにとって世界に開けた窓であるのだが、学校に入る歳になると、窓が幾つもあることを彼らは知るようになる。親の手を握りしめなくても、友人とあるいは一人で、外の世界の探検に乗り出していく。もう案内者は必要としなくなる。

特に中学にでも入ろうものなら、もう親の手は必要としない。こちらはまだ時には子の手を握ったり、抱きしめたくはなるのだが、そのころには子のほうがいやがって、悲しいことに親をうざったいものと見るようになる。それが子を持つ親をひとしく待ち構えている宿命だ。

たとえば、加納朋子《かのうともこ》『モノレールねこ』（文春文庫）という作品集に、「パズルの中の犬」という短篇が収録されている。この主人公は主婦だが、彼女が幼いころのことを回想するくだりがある。母の帰りを待っていた記憶だ。父が家を出ていってから彼女は母と二人暮らし。その母は何時間も姿を消すことがあり、真っ暗になっても帰ってこなかった日もある。そんなとき、幼い彼女は北の小窓の下に椅子を持っていき、それによじ登って向かいのアパートを見る。空っぽのお腹をかかえて、泣きだしたいのをこらえて。向かいのアパートの窓辺にはいつも犬が座っていて、いつも外を覗いていた。その犬は道行く人をただじっと眺めていた。たぶん、勤め人の飼い主が戻るのをじっと待っていたのだろう。その姿を見ているだけで幼いヒロインの心は慰められる。待っているのは私だけではない、と。

あのころ、母はどこへ行っていたのだろうと物語は進んでいくが、その先の展開は実はどうでもいい。加納朋子の作品はどれも外れがなく、これも例外ではないが、ここでは、幼子が親の帰りをひたすら待つ姿を記憶しておきたい。

あるいは、コーディ・マクファディン『傷痕』（長島水際《ながしまみぎわ》訳／ヴィレッジブックス）のヒロイン、スモーキーのケースを繙《ひもと》こう。彼女はFBIのロサンゼルス支局国立暴力犯罪分析センターの主任で、日夜異常犯罪に立ち向かっている。凶悪犯に夫と娘を殺されて、まだその心の傷が癒えていない。そのヒロインが親友を殺されて現場に復帰するところから物語は始まるが、なかなか読ませるサスペンス・ミステリだ。

しかしここでは、ヒロインが幼い娘のことを思い出すシーンを引くにとどめる。

「アレクサがまじめな顔をしてわたしを見る。いかにもアレクサらしく、それでいてぜんぜん彼女らしくない表情だった。似つかわしくないのは、そんな顔をするにはまだ幼すぎたから。似つかわしいのは、ほんとうにまじめな子だったからだ。父親譲りの茶色の瞳でわたしを見つめる。顔は両親の遺伝子をうけついでいるが、アレクサにしかないえくぼのせいで、いたずら好きな小妖精を思わせる」

幸せだったときの光景がここにある。それが突然切り離されたことの哀しみがここにある。つまり子が親を必要としているときは、親もまた子を必要としているのである。その普遍的な真実を、この二つのシーンは教えてくれる。

最後に引くのは、とてもいい光景だ。大沼紀子《おおぬまのりこ》『ゆくとし くるとし』（マガジンハウス）の表題作から引く。

これは第九回の坊ちゃん文学賞の大賞を受賞した作品だが、舞台は助産所。大学生のトリコが一年ぶりに実家に帰ると、助産所を営む母がなぜかオカマと二人で炬燵《こたつ》に入っていて、その実家で正月休みを過ごす話だ。助産所であるから暮れの休みも関係なく、妊婦がやってきて、出産という段取りになるのだが、そのくだりから引く。

ホンギャー、ホンギャー、ホンギャーとけたたましく叫んだ赤ちゃんを、たらいにたまったお湯に浮かばせると、つい今まで激しく泣いていたのが嘘のように、赤ん坊はきょとんと世界を見上げるのである。

「生まれたばかりの赤ん坊は、ほとんど目は見えていないというけれど、確かに彼は、世界を見据えているような目をしていたのだ」

さらに、湯の中の赤ん坊が小さく微笑む。

「いや、こんな生まれたばかりの赤ん坊に笑うなどという芸当は出来ないはずなんだけれども。それでも笑ったように見えたのだ。心の中での私の問いかけに答えるように、彼は笑ってみせたのだ」

生まれたばかりの赤ん坊が笑うなどというのは、たしかに聞いたことがないけれど、ヒロインに見えたものは仕方がない。たぶん、本当に彼女にはそう見えたのである。しかしここでは、それが事実かどうかという詮索《せんさく》はどうでもいい。赤ん坊が生まれてくる瞬間が美しいという教訓を学びたい。そのときまわりにいる人たちの心をその誕生がなごませるという真実を学びたい。

それは、私たちの世界にようこそ、という歓迎の気持ちだ。君が生まれて、私たちは嬉しいという感情だ。その弾むような心がここにはある。赤ん坊が微笑むのは、そのみんなの中に入りたいという無垢《むく》の感情だ。みんなで世界を作ろうという登場の笑顔だ。だから生まれる子も、それを見ている者も、心が弾むのである。

残念なことに私たちは、だんだんその感情を忘れていく。幼いときに親孝行したことを忘れ、親から離れて、子を作り、その瞬間だけまた笑顔になるものの、子が離れていくにつれて、その喜びをふたたび忘れていく。親子の歴史はその永遠の連鎖だ。

しかし、何かあるたびに、たとえば心が落ち込んだとき、わが子が幼かった日のことを思い出すのである。あの笑顔を思い出すのである。長男と次男がまだ幼いころ、私が帰るといつもぶつかるように駆けてきた光景は、まだ記憶に鮮やかだ。たまにしか帰宅しない父親だったという事情もあったのだろうが、それをしなくなったとき、私が一抹《いちまつ》の淋しさを感じなかったと言えば嘘になる。

あるいは、自分が幼かった日、母が恋しくてその帰りをじっと待っていたときのことを。すると、力が湧いてくる。自分が親に愛されていたことを、そしてわが子が自分を必要としていたころのことを思い出すだけで、なんだか元気が出てくるような気がしてくる。

息子たちも子が生まれるようになれば、同じように思うのだろうか。そう考えると、ちょっとだけ嬉しい。

僕、小学二年生だよ

長男が小学二年生のときだった。まだそれを覚えているのは、彼が「僕、小学二年生だよ」と自分で言ったからである。

デパートの食堂で夕食を食べ、帰る途中でカミさんがトイレに行ったのだが、それがなかなか出てこない。あまりに長いので、「お前、ちょっと見てこいよ」とそばにいた長男に言ったのだ。軽い気持ちだった。

ところが、私の声が聞こえているはずなのに、彼は俯いて何も言おうとしない。あれ、どうしたんだろうと不思議だった。いつもは何でもはっきりとモノを言う子である。そしてしばらくしてから、「僕、小学二年生だよ」と言ったのである。

瞬間、何を言っているのかわからなかったが、そうか、男は女子トイレには入れないと言いたいのだとようやく気がついた。ついこの間まで母親のあとを追って平気で女子トイレに入っていたから、こちらは軽い気持ちで言ってしまったのだが、もうそんなことを意識する年齢になったのか、と感慨深かった。

そういえば私も幼いころ、母親と一緒に銭湯に行くと、当然のように母親にくっついて女風呂に入った。それが自然だった。いまでも覚えている。突然それが恥ずかしくなったのである。「僕、男の子だよ」と言ったのがはたして小学何年生のときだったのか、はっきりした記憶はない。しかし、女風呂に入るのはイヤだなと思った記憶は鮮明だ。

親が知らないうちに子は成長するのである。それが当然なのだから、親としてはその成長を喜びたい。しかし同時に、親の立場になれば、もう幼子ではないのだ、という哀しみが襲ってくるのも事実である。

たとえば、ウィリアム・K・クルーガー『煉獄の丘』（野口百合子《のぐちゆりこ》訳／講談社文庫）に、主人公の元保安官コークが、幼い息子スティーヴィを連れて森を歩くシーンがある。スティーヴィはコークの腕の中で眠っている。その頬がコークの頬に触れると、幼子の柔らかい肌が心地よい。そのときのコークの述懐を引く。

「この両腕も、永遠にスティーヴィを抱いていられるわけではない。いつの日か、離さなければならないだろう。そのときが来たら、息子を一人立ちさせられるだけの賢明さと、それができるだけの強さが自分にあればいいが」

この小説は、森林と湖の町を舞台に、コークを主人公とするシリーズの第三作で、森林伐採とそれに抵抗するグループの確執を背景とした自然派ハードボイルドだ。

コークの妻は弁護士で、前作では別居中だったが（いろいろある夫婦なのだ）、本書では一緒に暮らしている。しかし、まだ夫婦仲はしっくりしていない。お互いが揺れ動いている。この長篇は、そういう夫婦がふたたび強い絆で結ばれるまでの物語といってもいい。コークが微笑むラストでは感銘に似たものがこみ上げてくる。

それはともかく、幼いスティーヴィを抱いたコークの不安、つまりこの子を正しく導くことが本当に出来るのか、そのときが来たら、自分には賢明さと強さがあるだろうかという問いは、父親なら誰もが持つものだろう。

ところが現実はいつも皮肉で、親の予想よりも早く、子は成長していくのである。気がつくと、親が助言すべき大事な局面はあっという間に過ぎていて、それでも多くの場合は、子のほうが賢いから、何事もなく日々は過ぎていく。いつの間にか成長していた子の姿に、親はただただ驚くのである。

しかし、それは幸せなケースであり、そうでないことだって現実には起こりうる。親の助言がなかったために、つまり親に賢明さと強さがなかったために、子が一人立ちできないケースだってある。そのときの親の心中を想像するだけで、胸が痛くなってくる。もし自分がそういう立場に立たされたら、何を思うだろうか。

いや、結論を出す前に、もうひとつのケースも並べておこう。桜庭一樹《さくらばかずき》『赤朽葉家の伝説』(創元推理文庫)だ。

これは製鉄所を経営する鳥取の旧家を軸に、その三代にわたるヒロインの歴史を描く大河小説だ。第一部では祖母万葉《まんよう》が描かれ、第二部では母毛毬《けまり》の青春が中心となり、第三部でようやく語り手の孫娘に戻ってくる。キャラクター造形は群を抜いているし、読み始めたらやめられない傑作である。

ここでは、祖母万葉を主人公とする第一部のみを取り上げる。この祖母は、未来を視ることが出来るとの設定なのだ。だから、この第一部はマジックリアリズムふうに展開する。

たとえばその万葉が長男を出産するくだりを見られたい。その子が胎内にいるうちに（ようするに生まれる前だ）、万葉はその子の一生を見てしまうのである。いつも教科書や参考書を片手に勉強している姿。勉学には生真面目に、日常では注意散漫に過ごし、そうして同性愛者である自分への差別意識を突然津波のように感じると、悪くもないのに隠れて生きる。息子は怒り、猛りながら生きる。そうしてある地点でぷつりと切れる。息子は山に登っていた。前を歩く男を愛していた。その息子の視界が一度だけ揺れる。それですべてが終わる。

そこまでの息子の一生を万葉はありありと見る。まだ生まれてもいない赤子が死ぬことを知り、わが子のために泣く。大粒の涙を流して泣く。すると「おぎゃあおぎゃあ」と息子の泣き声が響きわたる。ようやく生まれた長男は、泪と名付けられる。

子が死ぬことを知っているとは、これ以上残酷なことはない。そんなむごいことに私なら耐えられない。親が知らない間に子が成長していくのはいい。その過程に力を貸してあげたかったという思いがないではないが、それは仕方がない。しかし、人生の途中で子が退場してしまうという事態は想定したくない。

ドラッグに走ったり、たとえ犯罪に走ったとしても、生きてさえいれば、親と子の対面はありうるだろう。どこかで親子の意思が通じ合う局面だって、ないとは絶対に言い切れない。しかし子が先に死んでしまえば、もう何もない。親を待っているのは、たとえようもない空洞だけだ。そんなことに耐えられるほど、私は強くない。

サンタクロースは本当にいないのか

「お前、サンタクロースなんていないんだぜ」と長男が言ったのは、小学六年生のときだ。私の書斎と子供部屋は隣り合っていて、しかもその間にあるのは襖一枚なので、話し声が筒抜けなのである。

隣の部屋から聞こえてきたその幼い兄弟の会話を今でも覚えているのは、そのとき小学二年生の次男が「えっ、いないの?」と言ったからだ。

小学校にあがる前はクリスマスのイヴにサンタクロースがやってきて、枕元にプレゼントを置いていくという神話を素直に信じていても、子供たちはいつからか現実を知るようになる。その分岐点がどのあたりなのか知らないが、小学二年ともなれば、当然知っていると思っていた。だから次男の「えっ、いないの?」というかぼそい声が印象に残ったのだろう。

安東《あんどう》みきえ『夕暮れのマグノリア』(講談社)の中に、亡くなったおじちゃんの言葉を主人公の灯子《とうこ》が思い出すくだりが出てくる。そのときのおじちゃんの言葉を引いておく。

「灯子、おぼえておきなさい。見えないってことはいないってことにはならないんだよ。きれいな魂を持ったものたちがいつもおまえを見ているのだから」

「だれもいないと思ってはいけない。ひとりぼっちで生きているなんてけっして思ってはいけないよ。おまえの幸福を願っているものたちが、いつもそばにいるのだから」

こうして灯子は、木もれ陽がちらちらと草の上に射すときは光と影といっしょに遊び、窓にかけたガラスのベルがゆれるときは風といっしょに歌うのである。

中学生になってもまだ妖精を信じていると同級生にからかわれても、世界のすべてに愛されているという彼女の思いは変わらない。『夕暮れのマグノリア』はそういう感受性に富んだ灯子の一年間を描くヤングアダルト小説だ。

「見えないってことはいないってことにはならない。世界は見えているものだけでできているんじゃない」というこの物語の結語が美しいのは、世界に愛されているという信仰が美しいからにほかならない。

たとえば、浅倉卓弥《あさくらたくや》『ビザール・ラヴ・トライアングル』（文藝春秋、のちに二〇一二年の幻冬舎版で『向日葵の迷路』と改題）の「紅い実の川」に出てくる光景をここに並べたい。空港に通じるバイパスが出来たために母の経営する食堂は苦しくなり、店を閉めると言いだしたので娘が孫を連れて里帰りする短篇だが、その中に母の見た光景が出てくるのだ。バイパスが開通する前年、展望台にのぼった母は、真っ赤な実をつけた水松《イチイ》が川のように繋がっている光景を見るのである。

どうしてその一筋だけ紅い実をつけたのかそのときはわからないが、バイパスが開通してみると、それはまさしく紅い実をつけた水松の筋に重なっていた。

だから母は言う。「あの年派手に実をつけていた樹は道路を通すために伐採される運命にあった。あいつらはそれを知っていたんだよ。だから前の秋に、それこそ今日を限りとばかりに必死で実を結んだに違いないんだ」

それを聞いた娘が、そんなバカなと思ったように、常識人たる私もそんなことはないと思う。

しかし、展望台から見た紅い実の川のイメージは鮮烈だ。読み終えてもこの光景が残り続ける。

そんなバカな、とは思うものの、そういうことがあってもいいという気がするのである。「世界は見えているものだけでできているんじゃない」のである。川のように続く紅い実が、自分が滅びることを知った植物の哀しみであってもいいのではないか。命の燃焼とも言うべき紅い実の美しさを、素直に信じなくなっている自分が淋しい。

それが我々の現実というものであるから仕方がないのだが、しかしサンタクロースは本当にいないのだろうか。紅い実が一筋の流れのようにつくのならば、サンタクロースがいても不思議ではない。そう思ったとき、貫井《ぬくい》徳郎《とくろう》『夜想』（文春文庫）の世界がぐんぐん迫ってくる。

事故で妻子を亡くした男がいる。彼はその痛手から立ち直れない。仕事の約束を忘れるのも、日常生活を営む気力そのものがないからだ。その彼が一人の若い娘と出会うのがこの長篇の発端である。ただの出会いではない。落とした定期入れを拾ってくれた娘は泣いていたのだ。

「どうかしましたか？」

と彼が尋ねるのも当然だが、娘の返事は奇妙だ。

「あんまりかわいそうなので、つい……」

その若い娘は、物に触るとその人の心にシンクロするという特殊な能力の持ち主であることが徐々にわかってくる。こうしてこの長篇の幕が開く。

この先はどこまで書いていいものか迷うけれど、若い娘の周囲にさまざまな人が集まってきて、新興宗教創立秘話という体裁を持つこと。そこには怪しげな人物も混じっているから、主人公の思いを離れて、きなくさい展開になりかねないこと。しかし作者はその道を進めば社会派小説として成立する物語を、救済とは何かという一点に収斂させること。ここまでは書いてもいいだろう。

鮮やかな物語だ。胸に残る物語だ。貫井徳郎という作家の大きさを示す物語といっていい。

突然思い出した。超常現象に興味を持っていた大学生のころ、その種の研究会に出席したことがある。品川だったか、田町だったか忘れてしまったが、裏通りのビルの二階がその会場で、どこかの大学の先生を招いた講義の日だった。超常現象が現代の科学で解明できないからといって、絶対にないとは言えないという当たり前の話に思え、なんだかなあと帰途についた記憶がある。

不思議な体験をした人たちの話を聞くことが出来ると思っていたのだ。そんなことはあり得ないと思っていながらも、なぜかそういう話を聞きたかった。

それはタイムトラベルなどあり得ないと思いながらも、その手の物語を好んで読むことと重なっている。パラレルワールドものも大好きだ。この世界に並行して幾つもの世界があるという考えは素晴らしい。そういうふうに、あり得ないと思いながらも、あってほしいという気持ちがあるのだ。

子供のころ、夕方になると薄闇の中から何かがぬっと現れると、私は思っていた。暗くなると急いで家に帰ったのは、その魔物に捕まりたくなかったからである。世界は驚異と神秘に満ちあふれていた。

大人になるにつれて、残念ながらその神秘はうすれていく。そうして我々は現実の中で生活を開始する。それでいいのだ、という考え方もあるが、今になってみると、なんだか大切なものを失ってしまったようにも思う。なぜなら、世界に愛されているという信仰は、その驚異と神秘の裏返しなのだ。私たちは神秘を失うと同時に、世界に愛されているという信仰も同時に失ったような気がする。

「えっ、いないの?」と驚いた幼いころの気持ちを、次男は覚えているだろうか。

多摩テックのこと

競馬場に行く朝、スポーツ新聞を買って車中で読んでいたら、「モータースポーツ　多摩テック9月閉鎖」という見出しが目に飛び込んできた。小さな囲み記事だが、思わず読み進む。

「ホンダ子会社でサーキットなどを運営する〈モビリティランド〉（三重県鈴鹿市）は7日、モータースポーツをテーマにした遊園地〈多摩テック〉（東京都日野市）を9月末で閉鎖すると発表した。入場者の減少が続き、約2年前から営業を続けるかどうか検討していた。世界的な景気後退で、ホンダの業績が悪化していることも閉鎖の一因とみられる。多摩テックの入場者はピークだった02年度には100万人を超えていたが、07年度には62万人に落ち込んでいた」

多摩テックをホンダの子会社が運営していたことを初めて知ったが、そうか閉鎖するのかと感慨深い。実はこの遊園地、自宅から車で三十分ほどのところにある。だから息子たちが幼いころはしょっちゅう行っていた。記事にあったように遊園地とはいっても普通の遊園地ではない。

「自動車やオートバイの普及や、操る楽しさを広めよう」と一九六一年に開業したもので、広い敷地にさまざまなサーキットコースがあった。年齢によって乗れないものもあるので、毎年行ってすべての乗り物をひとつずつクリアするのが息子たちの楽しみのようだった。

次男が小学六年になったとき、しょっちゅう行っていたのでもう多摩テックは飽きただろうと勝手に思っていたら、行くと言いだして家族で出かけたことがある。丘陵の上のほうに小学六年にならないと乗れないサーキットがあり、どうやらそれに乗りたいようだった。どれに乗って、どれに乗ってないかなど、親はすっかり忘れていても、本人は覚えているのだ。サーキットといっても、小学生や中学生が乗るものであるから、それほど危険なものではない。自由に走行できるものはむしろ少なく、決められた軌道の上を走るもののほうが多かった。

多摩テックは丘陵の上に作られたものなので、坂を登ったり降りたり、園内を歩くと結構な運動量になる。だから、疲れるとすぐに、ファストフード・コーナーで休憩だ。

「さっき食べたばかりじゃない？　また食べるの？」

と息子らに呆れられたことが何度もある。

伊集院静《いじゅういんしずか》『少年譜』（文春文庫）は、少年小説を集めた作品集でこれを繙くと、息子たちが幼かったころのさまざまな光景が浮かんでくる。

この書に「トンネル」という短篇が収録されているが、九歳の久一が列車の中から小さな民家を見るシーンがある。久一には、その家が温かな霧と光に包まれているように見える。

「父と母が居て、自分と同じ歳くらいの、いや市朗くらいの弟が楽し気に笑っている姿があざやかに浮かんできた」

なぜ浮かぶのかといえば、それが失われた光景だからである。弟の市朗は太郎岩から海に飛び込んで帰ってこなかった。いまでは父も母も別々に暮らしている。

海に行く弟を止めることが出来なかったことを久一はいまでも後悔している。しかし時間は戻らない。車中から民家の灯を見るだけだ。幸せそうな家庭の香りをそこに嗅ぐだけだ。

おそらく久一の家庭にも、幸せな時期はあったに違いない。まだ父と母の仲がよく、自分と弟の市朗がにこにこと笑っている時間があったに違いない。

そのときはなんとも思わなかったが、失ってみると、その大切さに気づく。ちょうど久一が車中から民家の灯を見るときのように。

失われた風景は、いつも哀しい。たとえばこんな光景もある。アダムが幼いころ、母親と川遊びする光景だ。アダムがきゃっきゃっと笑い、それを母が微笑んで見ていた光景だ。

ジョン・ハート『川は静かに流れ』（東野《ひがしの》さやか訳／ハヤカワ・ミステリ文庫）に出てくるシーンだが、失われたものだからこそ、甘く、やるせなく、胸にしみこんでくる。

この長篇は主人公のアダムが五年ぶりに生まれ故郷に帰ってくるところから始まる。故郷を離れたのは、殺人事件の容疑者として逮捕されたからだ。証拠不十分で釈放されたものの居づらくなって町を離れたのである。

戻ってきたのは、幼なじみの悪友から、人生をやり直すから手を貸してくれと連絡がきたからだ。そしてまた事件に巻き込まれていく。五年前の未解決の事件と現在の事件、その二つの事件にひそむ真実をこうしてアダムが解いていくことになるが、二〇〇八年度のアメリカ探偵作家クラブ最優秀長篇賞受賞作だけあって、たっぷりと読ませて飽きさせない。

実はアダムの母親は、彼が幼いころ、部屋にコーヒーを持っていってドアを開けた瞬間、こめかみに当てた銃の引き金を引いて自殺したのだ。

この哀しみが物語の底を流れているので、ミステリの枠を超えて迫ってくるものがある。悪友のダニーと泥だらけになって笑い合っているシーンも美しい。

過ぎ去ったものは、失ったものは、すべて美しいという真実がここにありそうだ。


多摩テックのいちばん奥にゲームコーナーがあったことを思い出す。息子らが小学校低学年のころはそこにこもってほとんどそれだけで帰ってきたこともある。

私はゲームに関心がないので、何が面白いのかわからないのだが、あのころは息子たちの横で私も夢中になっていた。

それは息子たちが夢中になっていたからだ。きゃっきゃっと笑い合って、幸せそうに楽しんでいたからだ。子供の笑顔は力だ。その横にいるとそれだけで楽しくなってくる。

多摩テックに行くたびに新しい乗り物が出来ていることも多く、ウォータースライダーが出来たときにはまっさきにその行列に並び、家族全員が水浸しになって笑い合った。

入り口の左にはジェットコースターがあり、あっという間に終わってしまうのだが、あるとき降りようとしたらシートベルトが外れず、次の回の客がどんどん乗り込んでくるので焦ったことがある。ようやくシートベルトを外して降りると、家族が笑い転げている。太っているのでシートベルトがお腹の肉に食い込んだ、と彼らは言うのだ。あのときはシートベルトが故障していたのだと私は思っているのだが。

多摩テックに最後に行ったのは長男が高校生で、次男が中学生のときだった。もうサーキットには乗らず、入り口横のプールで一日中遊び、それだけで帰ってきた。

あれが最後だったのだ、と突然気がつくのである。

家族で旅行に行ったこと

子供たちが幼いとき、毎年のように旅行に出かけた。私に長い休みがあるのは正月休みとゴールデンウィークと夏休みだけ。つまり、どこへ行っても混んでいる時期だ。しかしそのときしか休めないから、どんなに混んでいても、その時期に行くしかない。

沖縄には何度も行った。次男が五歳のときは彼が風邪を引き、さらに台風のさなかだったので、家族四人で数日間ずっと久米島のロッジにいただけだった。

夕食を食べに街中のレストランに行こうとしたら、次男が歩きながら眠っていたことを思い出す。レストランについてもずっと寝ているだけ。あれは久米島の前年、那覇に行ったときだ。

伊豆にも何度も行った。山奥に出来たばかりの大きなプールに遊びに行き、ウォータースライダーで滑っておりたら、それを待ち構えて写真に撮るサービスがあり、もちろん有料だが、出口のところにその写真が掲げられていたので買って帰ったことがある。まだ幼い次男が私の膝の間に座り、大きな口を開けている写真だ。

写真といえば、八景島シーパラダイスでジェットコースターに乗ったときの写真もある。あれはもっと後年で、長男が中学生になっていた。他の家族がみんな目を閉じているのに、中学生の彼だけが目を開けて嬉しそうに笑っていた。

そういう思い出がたくさんある。二人が大人になった今では、もう家族旅行に出かけることもないが、そうなってみると、あれはとても貴重な時間だったなと思うのだ。

ところが彼らに聞いてみると、幼いときにあちこちに出かけたことをまったく覚えていない。えっ、あそこへ行ったことも覚えてないの？　とひとつずつ尋ねても、全然、と笑っているだけである。

郊外の家に引っ越したとき、その狭い庭にゴム製のプールを置き、そこに水を入れたら、幼い兄弟がきゃっきゃっ言って一日中遊んでいたことを思い出す。旅先だけではなく、まだ彼らが幼かったころのそういう光景が、私には鮮やかに残っているというのに、彼らの記憶からは欠落しているのだ。

しかし忘れているのは、私の子らだけではない。幼いころのことを覚えていないのは仕方のないことだ。たとえば、諸田《もろた》玲子《れいこ》『希以子《きいこ》』（小学館文庫）の真ん中あたりに、マツの次の台詞が出てくる。まずはこれを引くところから始めたい。

「与七つぁんは夕方になるとよくあんたを迎えに来たもんだよ。まだ二つか三つの頃だから覚えちゃいないだろうけど、与七つぁんにおんぶされると、あんたはぐずっていてもころりと機嫌がよくなるのさ。あんたたちが帰るだろ、決まっておよしさんの鼻歌が聞こえてきたもんだっけ」

希以子の母よしは髪結床《かみゆいどこ》を切り盛りしていて、仕事と子育てを同時に出来ず、ちょうど子を死産して乳が余っていた裏の八百屋のマツに次女の希以子を預けたという事情がある。マツは無類の子供好きで、わずかな養育費と引き換えに、近所の子供たちを預かって面倒を見ていたが、つまり希以子にとってマツは育ての親といっていい。

よしが駆け落ちして、与七と別れるのはもうすぐあとだ。だから希以子は生母の愛を知らない。ところがマツによると、まだ与七とよしの仲がよかったころは、生母は鼻歌を歌っていたというのである。父親が迎えにくると、途端に機嫌がよくなって父親におんぶされて帰ったというのである。希以子はすっかり忘れているが、この家庭にも幸せな時期はあったのだ。至福の光景ともいうべき家族の団欒があったのである。

本書は、大正から昭和という激動の時代を背景に、下町に生まれた希以子がさまざまな男に翻弄されて生きる半生を描いた長篇だが、本書を読み終えると、マツの語るその昔の光景が浮かんでくる。

まだ子が幼くて、両親ともに若く、みんなが幸せだった至福の団欒は、哀しいことに一時のものなのである。与七とよしは別れてしまったが、たとえ別れなくても、それは一時のものであったに違いない。

子が大きくなれば家を出ていくのは当たり前で、そうして団欒は失われていく。家族はけっして永遠ではない。しかし、一瞬だけのものであるから愛しいのだ。その普遍的な真実が、マツの昔話の中にある。

伊《い》岡《おか》瞬《しゅん》『145gの孤独』（角川文庫）もあげておきたい。こちらは連作ミステリ。元プロ野球選手の倉沢修介《くらさわしゅうすけ》が主人公となって便利屋を営む話だが、その冒頭の一篇「帽子」には家族の団欒を失いかけた少年の比類ない哀しみが浮き彫りにされている。息子のサッカーの付き添いに母親はなぜ二万円も払うのかという謎から始まって（けっして裕福な母子ではない）、倉沢修介は徐々にその哀しみに接近していくのである。「ありがと」という優介少年のラストの言葉に目頭が熱くなるのは、私の涙腺がゆるいせいもあるけれど、遠い昔のことを思い出すからだ。

　両親が亡くなってもう十五年になる。最近ふとしたときに父や母のことを思い出す。貧しい家だったので、どこかへ旅行に出かけたこともないが、家族五人が居間で寛いでいた光景を思い出すのである。何を話し合っていたわけでもない。特に記憶に残る風景ではない。でも一時、そうやって間違いなく家族全員が居間にいたことを思い出すだけで、温かなものがこみ上げてくる。姉が最初に家を出て、兄、私の順で家を出ていって、結局はばらばらになっていったけれど、あのとき、幼い私らのそばに父と母がいたことは、いまでもなんだか元気の源になっているような気がしてならない。

　旅行に出かけたことを忘れてもいい。しかし息子たちよ、君たちが幼いとき、家族全員が居間で談笑していた風景は忘れないでほしい。そういう記憶の中に、家族はいるのだ。

夢が実現できなくても

新宿伊勢丹の向かい側に、いまは丸井になっている場所だが、新宿日活という映画館があった。いまから三十年前のことである。

私が大学一年生のとき、そのロビーにいたことを思い出す。土曜のオールナイト興行を観に行ったのである。休憩時間で、次の上映までしばらく時間があったので、何をするでもなく、ぼんやりとしていた。

そのときの奇妙な光景をまだ覚えている。ロビーには、映画研究部の同級生や先輩たち、総勢十人前後の知り合いがいた。みんなで連れ立って観に行ったわけではない。同じサークル員だから、好みの映画が似ているのだ。だから、映画館の中でばったり会ったということだ。みんながロビーに出てきたのも、たまたまだ。十五分ほどの休憩時間を私たちは持て余し、誰も何も喋らなかった。それまでに映画を何本も観て、疲れているということもある。いつも会っている仲間なのでことさら話すこともないという事情もある。

そのとき私は、この光景は一年たっても忘れないだろうなと思った。つまり私は、その光景を結構気にいっていたのである。こういうふうに、約束したわけでもないのに、同じ日に同じ映画館に集まることを、ちょっといいなと思っていたのだ。

一年どころではなく、それから三十年たっても覚えているとは我ながら驚く。では、なぜそんなにも覚えているかといえば、私はそのサークルで過ごした四年間が今でも好きだからだ。なにしろ大学に行くのは部室に行くためで、そのついでに授業に出ていた。会うのも遊ぶのも、どこかへ行くのもサークルの友人のみ。喧嘩も初恋も、新宿も渋谷も、すべて彼らとともにあった。

劇的なドラマがあったわけではない。たいしたことを議論していたわけでもない。世界が一変するような発見があったわけでもない。それは普通の大学生の、普通の日常にすぎないが、あの日々があったから、いまの私がいるような気がする。

膨大に無駄な時間を仲間と一緒に過ごすことで、いちばんあぶなっかしい時期を無事に過ごすことが出来た、と言ったのは、私の会社でアルバイトしていた学生だが、それと同じことが若い私にもあったのである。無駄で楽しい時間を、サークルの友と一緒に過ごしたのだ。

思い出した。当時高校時代の級友と神田でコーヒーを飲んだことがある。彼の大学がすぐ近くにあり、昼休みに会おうと電話がかかってきて会ったのだが、その一時間、彼がつまらないつまらないと繰り返したことを思い出す。大学に入ったものの、サークルにも入らなかった彼は友人がいなかったようだ。サークル活動でひたすら忙しかった私は、つまらないと言う彼が理解できなかった。

大学生というのは、いちばんあぶなっかしい時期だ。そういう時期を無事に過ごしてほしい、と親なら考える。将来にそなえてさまざまな準備をするというのが、親にとってはいちばん望ましいが、そういう子なら何の心配もないわけで、となると、どうせなら無駄な時間を友と一緒に過ごしてほしい。そこで何かを学んでほしい。一人で部屋の中にいるよりも断然そのほうがいい。

たとえば、秦建日子《はたたけひこ》『SOKKI！ 人生には役に立たない特技』（講談社文庫）。これは一九八〇年代の早稲田大学の青春を描いた長篇である。タイトルから明らかなように、舞台は速記研究会。速記の技術を身につけたところで人生にそれが何の役に立つのか、と主人公も思わないでもないが、入ってしまったものは仕方がない。かくて速記サークルの日々が始まるのである。何の役にも立たないことに熱中するというのは、若いときの特権だ。こういうかたちがいい。いや、親としてはということだけど。

この小説は構成も素晴らしく、その大学生の日々は回想として語られる。その回想を聞きおえた主人公の妻の感慨が最後に披露されるのだが、これが実にいいのだ。速記研究会というサークルで、膨大な無駄な時間を過ごすことで、こういう妻と結婚できたのだと思うのだが、どうか。サークル員と結婚したという話ではない。そのサークルで過ごした日々があったから、こういう屈託《くったく》のない娘と知り合ったということだ。

豊島《としま》ミホ『エバーグリーン』（双葉文庫）。これは青春小説だが、こちらは少し胸が痛くなる。シン君とアヤの話だ。シン君はミュージシャンをめざし、アヤは漫画家になることを目標にしている。中学を卒業するとき、二人は十年後に再会することを約束する。その十年後をあと二か月で迎えるところから本書は始まっていく。アヤは目標通りに東京で漫画家になっているが、シン君はミュージシャンになれず、リネン会社に勤務してシーツを病院に配達したりしている。

胸が痛くなるのは約束まであと二か月を切って、二十五歳のシン君がまたバンドを作ろうとするからだ。さらに、アヤにはもう好きな人がいて、再会したところでシン君とはどうなるものでもないことだ。

えい、こうなったらラストも書いてしまうので未読の方は注意されたい。ようやくバンドの未練を捨て去って、シン君はアヤにこう言うのである。

「俺、一生この町で埋もれて暮らすよ」

若いときに、こういうふうになりたいと思い描いていたものになれないというのは辛い。

しかし希望通りにならないことのほうが多いから、わが子もその夢を獲得できないと覚悟していたほうがいい。私たちもそうだったのだから、子もそうだ。それが人生というものだ。問題はそのあとで、たとえ夢が実現できなくてもそれで人生が終わるわけではないことを、その前向きの強さを身につけてほしいのである。そこから人生が始まることを。

いや、シン君も大丈夫だ。隣町の病院に勤務する奈月《なつき》という彼女がいるのだから、すごくいい娘だから、きっと幸せになる。それはミュージシャンになるよりも素晴らしい人生のはずだ、と私は信じる。

ちょっとしたこと

大学三年の春、信州の宿で合宿したことがある。参加したのは、学内の全サークルの代表者だ。各サークルともに数人ずつの参加であったから、総勢百人は越していただろうか。秋に実施される大学祭で何をするべきなのか、テーマは何にするか、それらを検討し討論する合宿であった。

私は映画研究部を代表してK君と一緒に参加した。秋の大学祭で上映される映画の決定権は毎年映画研究部にあったのに、その年は上映委員会が作られているという噂があり、その真偽を確かめることと、もし事実なら大学祭実行委員会に抗議して、決定権を取り戻すというのも私たちの参加の目的だった。

体育館のように広いスペースで全体会議をしたこと、同じその場所で飯を食ったこと、狭い部屋で映画委員にかけあってこちらの希望を伝えたこと——そういう断片的なことは覚えているのだが、あとは何をしていたのか、あれから四十年が過ぎてみるとすべては曖昧な記憶の彼方にある。

今でも覚えているのは、往路の車中のことだ。新宿駅を夜遅く出発する列車に乗って、目的地に到着するのは深夜、というのが少し不安だった。同じ学内の学生とはいっても、知っている人間は一人もいないのである。もしも寝てしまったら、誰か起こしてくれるだろうか。列車に乗るときに遅れて、多人数の学生集団とは離れた席に座ってしまったのも、不安だった。まわりに学生らしき姿はひとつもないのである。

「じゃあ、起きてようぜ」とK君が言い、そうだなと私も思った。起きていれば何の問題もない。ところが次に目が覚めたのは列車が駅を出ていくときだった。

外は暗くてホームにある駅の表示が読めない。どこなんだろう。知らない間に眠っていたようだ。ホームを離れていく瞬間、そこが私たちが降りる予定の駅であることがわかった。

あわててK君を起こした。荷物をつかんで車両最後方の扉までいき、そこから荷物を外に放り投げた。「先に飛べ」と私が言うと、K君は一瞬迷った顔をしたものの、外の暗闇に消えていった。

次に私が飛んだ。飛んだと思った瞬間、地面に叩きつけられた。興奮していたせいか、どこも痛くはない。怪我もしていないようだ。しばらくすると、遠くから懐中電灯の光が左右に揺れながら迫ってきた。「大丈夫ですかあ」と駅員が駆け寄ってきたのだ。

「いえ、大丈夫です。なんでもありません」と駅員を制し、近くで立ち上がっていたK君と急いで駅に戻り、駅前に停まっていたバスに乗り込んだ。

貸し切りバスは私たちを待っていたわけではないだろうが、まだ出発する気配がなかった。間にあってよかった。ズボンやシャツに泥がついたままだったが、誰も不審に思わず、何も尋ねられなかった。

四十年前のそのことを今でも時折思い出すのは、帰りにその駅から列車に乗ったときに見た風景が今でも忘れられないからである。復路は昼間だったのであたりの風景がよく見えた。私たちが飛び下りた地点の線路際には、杭があちこちにあり、さらに少し離れたところには岩がごろごろしていた。

こんなところに飛び下りて、よくも怪我ひとつしなかったものだと呆れてしまった。昼間だったら絶対に飛び下りなかったろう。夜中で真っ暗だったから、何もわからず無謀にも飛び下りたのだ。

宿はわかっているのだし、次の駅で降りて、あとから追いかければいい。今ならそうするだろう。若さというのは、ずいぶん無思慮で乱暴なものだ。

もしあのとき、大怪我をしていたら、と思うことがある。私の人生は大きく変わっていただろう。「ほんのちょっとしたこと」が結果的に大きくなることは十分にあり得たのである。何も起きなかったのは僥倖にすぎない。

たとえば、三羽省吾《みつばしょうご》『公園で逢いましょう。』（祥伝社文庫）の中に、「アカベー」という短篇が収録されている。ヒロインの里美《さとみ》が弟の誠二《せいじ》の幼いころを思い出すくだりが胸を打つ。弟は小さなころから物を作るのが好きで、段ボールや空き缶やカマボコ板などを使って、いつも何かを作っていた。

壊れたラジコン・カーの部品を使って車を作ったのは誠二が小学五年のときである。車体は下駄だ。その下駄車はまっすぐ車道に飛び出して通りかかったトラックに激突、後輪に巻き込まれてぐしゃぐしゃに壊れたのだが、里美が怒ったのはその下駄車に、彼女が可愛がっていたコマネズミを弟が乗せていたことだ。

下駄車に乗せれば喜ぶと思ったと弟は言うのだが、ペットが死んでしまったので里美は許さない。それから口を利かなくなってしまった。

姉に激しく怒られた誠二は、里美と視線すら合わせなくなり、両親ともまともに口を利かなくなったが、里美は気にもしなかった。ずっと不機嫌な姉のままでいた。それからずいぶんたってから、結婚することになったとき、里美は実家に電話する。

「誠二に言っておかなきゃと思ったの。あなた、昔は鬱陶しいくらい賑やかで、友達だっていっぱいいたのに、中学生になった頃から急に無口になっちゃったじゃん？　ずっと家に閉じ籠って変な物ばっか作って。それって、私のせいなんだよね？」

つまり里美は後悔していたのである。最初は行きがかりだったとはいえ、ずっと弟の誠二を無視していたことを。もっとたくさん話せばよかったと彼女は思っている。そうすれば、もっと仲のいい姉弟であったろう。その機会を失ったことを、いま里美は後悔している。

花村萬月《はなむらまんげつ》『ワルツ』（角川文庫）で、城山龍二《しろやまりゅうじ》が組事務所を襲撃するこの大長篇の冒頭も、ここに並べておきたい。その後の展開を読めば、このことが城山だけでなく、多くの人間の人生を変えていったことは明らかだろう。

この長篇は終戦直後の新宿を舞台にした小説で、男と男の、そして男と女の、熱い繫がりを描いた小説で、読み始めるとやめられなくなる。迫力満点の任俠小説であり、息苦しい恋愛小説であり、戦後の混乱期をディテール豊かに描いた波瀾万丈の物語だ。

こういうふうに、「ほんのちょっとしたこと」で私たちの人生は変わり得るのだ。そう考えたとき、息子たちのこれからの長い人生に、ふと思いを馳せるのである。

幼子の笑顔

机の中を整理していたら、古い写真がどっと出てきた。

大学生のころ両親と行った日帰りバス旅行の記念写真、若いころ勤めていた会社の社員旅行の宴会風景、友人と始めた雑誌社が軌道にのりかけたころの運動会。たくさんある。それらの写真を一枚ずつ掘り起こしていくと、思い出がどっと溢れ出てきて、しばし手がとまってしまった。

その中に、息子らが幼いころの写真があった。一枚は、長男が小学二年、次男が四歳のときに撮った写真だ。それを見た途端に思い出した。これはデパートの食堂街で撮ったものだ。

私はずっと会社に泊り込む生活をしていて、週末によく家の近くの街のデパートで家族と待ち合わせた。上のほうの階の本屋さんで待っていると家族がやってきて、そして食堂街でみんなで晩飯を食べ、それから一週間ぶりに帰宅するということが少なくなかった。

団欒というものが極端に少ない家庭だったので、せめて週に一度は家族で外食を、と考えていたのかもしれない。

食事をすませていざ帰宅という段になったとき、カミさんがトイレに行き、それを待っているときに子供らを撮ったのである。長男が台のようなものに座り、カメラに向かって笑顔でピースサインをしている。次男はその台に寝そべって、目をつむっている。

もう一枚は次男が家の前の道で笑っている写真だ。パーカーで顔の上半分を隠しているが、笑顔は隠しきれない。これも彼が四歳のころだろう。

この二枚の写真を見ていたら、なんだか哀しくなってきた。おそらく息子らは、幼いときにカメラに向かって笑ったことを忘れているに違いない。写真は残酷だ。当事者が忘れていることをきっちり記録として残している。

哀しい気分になるのは、大人になるとそう簡単には笑顔を見せなくなるからだ。今は成長した息子たちも、幼いときのように笑ってばかりはいられない。

それほど過酷な現実と向き合っているとは考えたくないが、それでも楽しいことばかりではあり得ない。二枚の写真は、彼らがそういう現実と向き合う前の、束の間の至福を映している。

芦原《あしはら》すなお『海辺の博覧会』（ポプラ文庫）は、昭和三十年代の四国を舞台に、子供たちののびやかな日々を描いた長篇だ。

小学四年生の夏から、六年生の夏までの二年間が、かくて瑞々しく蘇る。彼らの最大の関心事は、夏祭りであり、水泳大会であり、そして相撲やドッジボール。体を動かすことの喜びが行間から立ち上がってくる。

マサコやトモイチやアキテルやフミノリが、元気よく走り回る姿は哀しいほど気持ちがいい。

人生が残酷なのは、その幼年時代がずっと続かないことだ。やがて彼らも現実に直面し、その輝く日を忘れていく。ここでは、マサコやトモイチやアキテルやフミノリたちのその後は描かれない。

二十年後、いや三十年後に彼らが再会したらどんな感想を持つだろうか。けっして笑ってばかりもいられないに違いない。だからこそ幼年時代が光り輝いている、とも言えるのだが、その顚《てん》末《まつ》までをも描いているのが、ウィリアム・ランディ『ボストン・シャドウ』（東野さやか訳／ハヤカワ・ミステリ文庫）である。というよりも、ここには回想シーンとして幼いころの話が出てくる。デイリー家の三人の息子が、自宅前の電柱につくったバスケットボールのゴールめざして競っていたころの回想だ。

コンスタントにプレイする地元少年は十二人。全員がアイルランド系で、年齢や体格は斟酌されず、厳密にランク付けするのが彼らの目的だった。そのくだりから引く。

「マイケル・デイリーはコートがある家の息子であるにも関わらず、真ん中より上には行けなかった。逆に、ディア・アイランドの刑務所に出たり入ったりを繰り返す父に、体重三百ポンドはありそうな母を持つレオ・マッデンはリバウンドを奪う名手であり、それがためにメンバーから多大な尊敬を得ていた。勝者には栄誉を、敗者には屈辱を。それこそが肝腎で、完全に数値化できて、価値あるものだった」

必ずしも、のびやかな日々ではなく、三兄弟は喧嘩を繰り返す日々ではあったけれど、長男ジョーが警官になり、次男マイケルが検察官になり、三男リッキーが空き巣になるという後年よりは、もっと近いところにいたことは事実といっていい。

しかし幼年時代は、その将来にまったく影響を与えることなく、切り離されてあるものだろうか。最後の問いはそこにいきつく。

だからラストは、中村航《なかむらこう》『あなたがここにいて欲しい』（角川文庫）を繙くことにする。幼稚園時代の遠足の話からこの中篇は始まる。小田原城と小さな遊園地と動物園に出かけた日の回想だ。「お城だよー」「ここで遊ぶよー」「お弁当を食べるよー」「動物さんをみにいくよー」と先生が言うたびに、「シロー、オシロー」「ベントー、オベントー」と騒ぐ子供たちの姿が浮かんでくる。「ゾウさんだよー」とお姉さん先生が指さすと、「ゾウー、ゾウー」と騒ぐのである。

そして吉田くんは初めてゾウを見て、これがゾウかと驚く。この回想がきらきらと光っている。吉田くんの家庭についてはあまり語られない。南足柄市で育ち、小田原市内の高校に進み、父親の転勤で家族は長崎に引っ越したものの、吉田くんは高校一年の途中から一人暮らしをしてきたこと。いまは大学の研究室で学んでいること。そういうことだけだ。

代わって語られるのは、幼稚園時代からの友人又野くんのことである。小学四年のときは一緒に図書委員をやったこと、中学から又野《またの》くんは不良になったこと、それでも廊下で会うと、よおナオ、とへらへら笑いながら近づいてくること、その又野くんに勉強教えてくれよと言われて、無償の家庭教師を務めたこと、無事に高校に入学したものの喧嘩三昧の又野くんは中退してしまったこと、しばらく放浪ののちに地元で寿司会席の店を開いたこと。そういう又野くんとの交流が描かれていく。

家庭内における情景はいっさい描かれなくても、幼稚園時代の遠足の挿話と、この又野くんとの交流風景だけで、吉田くんがどういう少年だったのかが鮮やかに浮かんでくる。

この中篇では、吉田くんと同じ研究室で学ぶ舞子さんとの淡い恋物語も描かれる。

「カマボコがあるんですけど、食べますか？」

と話しかけた日から始まった二人の恋（だからその日はカマボコ記念日だ）は、実に瑞々《みずみず》しい。若い男女の恋には最近さっぱり関心がなくなっている私のような者でも、この二人なら応援したくなる。幸せになって欲しいと願う自分に驚いているほどだ。

そして、こういう素直な恋が出来るのも、これがゾウだと驚く幼年期が吉田くんにあったからではないか。又野くんのために問題集を買いに行く心を吉田くんがずっと持ちつづけていたからこそ、舞子さんの心も開いたのではないか、という気がするのだ。

息子たちも、あの笑顔をどこかで持ちつづけている。幼年期の至福が必ずどこかに残っている。いや、親としてはそう信じたい、という話にすぎないのかもしれないが。

はるか昔のこと

もう四十年ほど昔のことになるが、大学二年に進級する春休み、おそらくそのころの春休みは一か月以上あったと思うが、私はほとんど家に帰らず、先輩の下宿を泊まり歩いていた。長い休みになっても故郷に帰らない先輩が多かったのである。そういう先輩たちが中央線の奥のほうに何人も住んでいたから、荻窪や阿佐ヶ谷や西荻窪あたりで、毎日会い、そして彼らの部屋を転々としていたあの春が忘れられない。

私の実家は池袋にあったから、新宿あたりで先輩と会っても、一時間とかからずに実家に帰ることが出来るのである。でもなんだかそれも面倒で、というよりは先輩たちと一緒にいるのがひたすら面白かった。

いまから考えれば、何か有意義なことをしていたわけではない。昼間は古本屋をまわり、夜はだいたい麻雀か酒盛りだ。深夜まで遊んだり飲んだり、そして一眠りすると、今日は西荻窪をまわるぞと先輩に起こされて、また古本屋まわりだった。

その後も実家に帰らず、先輩や友人の部屋に泊まった夜は数えきれないほどあるが、その春休みがいまでも忘れられないのは、自分の知らない世界がまだたくさんあることに初めて気がついた瞬間だったからだろう。

先輩たちの会話を聞いていても、わからない固有名詞が飛び交うことが少なくなく、半分以上は理解できなかったが、そういう中に身を置いているだけでとても刺激的だった。

たとえばあるとき、一人の先輩が夏目漱石『三四郎』の話をした。「あれだろ、あの夜汽車の場面だろ」「あんなことがオレにもないかなって思ったんだろ。甘いよお前は」先輩たちがそう言い合って笑う横で、ここは笑うところだなと判断して私も笑ったが、そのときはどういう意味だかわからなかった。その二年後に、卒論に漱石を選んで全作読破したとき、ようやくあの春休みのことを思い出したのである。

今から考えれば、たいした話をしたわけではないし、劇的なことがあったわけでもないが、あの春は間違いなくその後の私を形成するきっかけになったと思う。

しかしそれから四十年がたってみると、あのとき父は何を思っていたのだろうということが気になってくる。外にいる私は、刺激的な環境に身を置くことが楽しくて、家のことなど、そして親のことなどまったく考えていなかったが、あのときの私には、まだ元気なころの父と母がいたのだ。

親が子のことを思うほど、子は親のことを思っていない、とよく言われるが、あのとき父は春休みにほとんど家に帰らない息子のことをどう考えていたのだろう。年をとってみると、初めて親の立場になってそう考えるのである。

雫井脩介《しずくいしゅうすけ》『ビター・ブラッド』（幻冬舎文庫）という長篇がある。警視庁の新米刑事佐原夏輝《さはらなつき》は、初めての現場でベテラン刑事島尾明村《しまおあきむら》とコンビを組まされ、いささかやりにくい。島尾明村は実の父なのである。幼いときに母と離婚したので、父とはほとんど会話をした記憶もない。その母も蒸発したので、夏輝は祖父母に育てられてきた。だから父にはちょっとした鬱屈がある。その相手とコンビを組んで捜査しなければならないのだから、まったくやりにくい。

しかもこの父、ベテラン刑事として捜査方法を教えると称して、ジャケットの羽織り方を最初に伝授するから、理解に苦しむ。シリアスな話が少なくない雫井脩介にしては珍しく、ユーモラスな長篇だが、ここでは夏輝の父への対し方だけを抽出しておきたい。

夏輝が父を意識するのは、幼いときに別れたということが大きい。彼にしてみれば、父に捨てられたという思いがある。必要以上につっかかるのも、そのためだろう。この場合は同じ職場ということもあるから、より複雑だ。

たとえば、ジェイムズ・W・ニコル『ミッドナイト・キャブ』（越前敏弥《えちぜんとしや》訳／ヴィレッジブックス）のウォーカーも、同様の事情にある。この青年は、幼いときに母に捨てられ（文字通り、道端に捨てられたのである）、里親の家を転々としたあと、十八歳になったとき、母を探す旅に出る。都会に出てきて、タクシー運転手となり、そのかたわら母を探すのだが、里親の家を転々とするくだりは胸キュンになること必至。

しかしここでは、もしウォーカーが普通の家庭に育ったら、これほど母を意識しなかったろうということに留意しておきたい。もしそういう環境に育っていたら、母のことは思い出しもせず、タクシー会社に勤務して、車椅子の美女クリスタ（深夜勤務の配車係だ）と、楽しい青春を送っていたに違いない。

大学生になった次男が外に出ていって、夜遅くまで帰らないと、何をしているのかなあとよく心配していたことを思い出す。有意義な青春を送っていればいいのだが、つまらないなあと考えていないだろうかと、いらぬ心配をついしてしまうのである。いや、私がそうであったように、それが有意義な日々でなくてもいい。本人が楽しいと思えればいい。私だって、たいしたことをしていたわけではないのだ。ただ、楽しかっただけだ。

そのとき、私がほとんど実家に帰らなかった春休みに、父もまた心配していたに違いないと気がつくのである。

週に一度は着替えを取りに家に帰っていたが、そのときもろくに会話もせず、また翌日さっさと出かけていく息子を、父はどう思っていたのだろうか。そのときの父の胸の痛みが、いやそんなに大げさなことではないが、ざわざわと揺れ動いていたに違いない感情の乱れが、いまになってみるとよくわかるのである。

親というのは哀しい生き物だが、それが順送りされるというのが私たちの生活なのである。

兄と弟

佐藤多佳子《さとうたかこ》『一瞬の風になれ』（講談社文庫）は、スポーツ少年小説の傑作で、ホントにすごい。したがって、ケチをつけるわけではない。それが本意ではないことを最初にお断りしておく。『一瞬の風になれ』で、気になる箇所があるのだ。そのことから、この項を始めたい。

主人公の新二《しんじ》と、兄の健一の関係である。兄の健一は天才サッカー少年で、Jリーグのユースから誘いが来ているほどの高校のスター選手。対して弟の新二は、普通のサッカー少年で、何か事あるたびに兄と比較されるのが少しだけきつい。で、高校入学と同時に、サッカーをやめて陸上部に入ることを決意する。

「下半身にバネがあって球技が下手なやつは、スプリンターとして大成する」という教師の言葉に誘われて、というよりも、やはり兄と比較されないところに行きたかったのかも。こうして陸上部の日々が始まっていくのが『一瞬の風になれ』なのだが、この兄弟の関係が私には気になる。

兄弟が幼いときはいい。男同士なら遊びも共通していることが多いから、身近な友人として一緒につるむことが少なくない。にいちゃんが何かをすれば、ぼくも、と弟は言いだすし、そうやって競ってもしょせんは仲のいい兄弟にすぎない。小学校を卒業するころまでは微笑ましい関係といっていい。

ところが中学に入って、高校と進み、大学に入るころになると、その微笑ましい関係に若干のひびが入ってくる。対抗意識が芽生えるのだ。

特に、健一と新二のように、兄が何かに優れていると（学業でもスポーツでも何でもいい）、にいちゃんに勝ちたいと思うのだろうか、弟の対抗意識が燃えてくる。そうなってなお、兄弟の蜜月が続いていくのは至難のこととなる。これが親としては辛い。

親からすれば、息子らは等しく可愛いのである。兄がスポーツに秀でていて、そして勉強の成績が良くて、弟がそれにちょっと足りなくても、そんなことは人間の価値とは全然関係ないと、親は考えている。兄には兄の良さがあり、弟には弟の良さがあると考えるのが親というものだ。いや親ではなくても、それが個性の違いというものだと考えるのが普通だろう。

ところが当事者の弟にしてみれば、兄はいちばん身近なライバルなのだ。だから意識する。そういう流れなのかもしれない。

ライバルでありながら、とてもいい関係の兄弟であり続けるということも可能だろう。健一と新二がはたしてどういう兄弟であったのか、あるいはどう変わっていったのか、『一瞬の風になれ』は後半、新二の陸上の日々に焦点を合わせて家族の風景から離れていくので、そこのところがわからない。もっと兄弟の風景を描いてほしかった気がしないでもない。

私には三歳違いの兄がいる。一緒につるんでいたのは小学生のころまでで、大学に進んでからは、ろくに話をしたことがない。別々に所帯を持ってからは法事のときしか会わず、そういうときですら「よお」と言うだけ。話すことは何もなかったりする。

世間的に言えば、兄のほうが名の通った大学を出て、教師になり、私はといえば、友人と作った会社が四十歳をすぎるまで軌道に乗らず、ようするにずっと浮草稼業。これでは弟のほうが劣等感を持っても仕方がないが、そういう意識がまったくなかったのは、あまりに生き方のジャンルが違うので比較しようがなかったからだ。兄は兄の道を行けばいい、私は私の道を行く。そう考えていたので、何も感じたことがなかった。それがはたしてよかったのかどうか、もう少しだけ遠回りしてみよう。

トマス・H・クック『緋色の迷宮』（村松潔《むらまつきよし》訳／文春文庫）にも兄弟が登場する。これは十五歳の息子が少女誘拐の犯人ではないかと疑う父親の物語で、心穏やかに読めない長篇だが、それは全部置いておいて、ここでは主人公エリックとその兄ウォーレンの関係だけを抽出する。

エリックは写真店を経営しているが、兄のウォーレンは中年ののんだくれである。幼いときから両親に愛されたのは弟のエリックのほうで、兄のウォーレンは父親からぐずとののしられていたし、エリックもまたそう考えていた。しかし本当にそうであったのか、というのがこの長篇のモチーフだ。幸せな家庭を築いたはずのエリックの幻想がどんどん崩れていく過程が本書の読みどころ。いやしかし、それは小説の評価であってこの項とは関係がない。

賢兄愚弟ともいうし、愚兄賢弟ともいうから、このどちらかが普通なのかもしれない。賢兄賢弟とは聞いたことがない。兄弟そろって賢いなんて、ちょっと気持ち悪い。親の気持ちとしては、賢兄賢弟よりも愛兄愛弟のほうがいい。他人より賢いことよりも、他人に愛される兄弟であってほしいのである。もちろん兄弟の仲がいいことは言うまでもないが。

私の次男は大学三年まで進んだところで学校をやめてしまった。もう一度受験しなおすというのだ。自分の入りたい大学をもう一度めざすというので、親としても認めざるを得なかった。ドラッグに走るとか、勉学を放棄するならともかく、あの面倒な受験をふたたび受けるというのでは反対し辛い。大学なんてどこでもいいと何度も話し合ったのだが、彼の決意は固く、最終的には認めることになった。

少しだけ気になるのは次男の中に、兄への対抗意識があることだ。努力は報われてほしいけれど、そうでないことも人生にはあるわけで、だめだったときの彼の失意を思うと、親として中途半端な私としては今から気を揉んでいる。

次男は、幼いときから兄に対して好奇心の旺盛な子だった。兄が高校に進むと、兄の友達についていろいろ情報をたくわえたりする。今日は誰とどこへ行ったのか、しつこく聞いたりするのだ。お前の知らないやつだよと兄が言っても、その名前を確認したりする。にいちゃんはすごい、というのが彼の口癖で、その尊敬がライバル意識にも繋がっているのかもしれない。親の欲目と受け取ってもらってもかまわないが、二度目の受験勉強中に、人間的にも成長したようなので、仮に受験に失敗しても無駄なまわり道ではなかったと信じているが、出来ればいい結果であってほしいと思っている。

ローレン・ブルック『わたしたちの家』（勝浦寿美《かつうらすみ》訳／あすなろ書房）は、馬の心を癒す厩舎ハートランドを舞台にした大河シリーズの第二巻である。厩舎を実質的に切り盛りしていた母親が亡くなって、十五歳のエイミーが祖父と奮闘しているところにニューヨークから姉のルーが帰ってくる。最初はほんの少しだけ手伝いに帰ってきた姉だが、妹のエイミーと衝突しながらも都会の仕事を捨てて、故郷の生活を選び取るまでがこの巻の読みどころ。男の兄弟よりも、女の姉妹のほうが仲がいいのか、それとも日本とイギリスの差なのか、それとも厩舎という仕事のためなのかわからないが、ぶつかりあいながらも力をあわせる姉妹の姿は気持ちいい。

そしてようやく、私が兄にライバル意識を持たなかったのは、兄に対する好奇心が決定的に欠けていたからだと、突然気がつくのである。だから今でも「よお」という挨拶しかしない関係なのだ、と思うのである。わが長男と次男は、エイミーとルーのように、衝突はしながらもずっと繋がっていくのではないか。私と兄のようにはならないのではないか。何も根拠はないのだが、そんな気がして仕方がない。

いやだなあ、お父さんに似ちゃって

恥ずかしいことだが、隠しても仕方ないので書いておく。私、若いころから買い物が大好きなのである。ある冬にはコートを探して都内の店を歩きまわったことがある。色とかたちのイメージがあり、もちろん予算の都合もあるのだが、そのイメージ通りのコートでなければ欲しくなかった。それが見つかるまで歩き回ったのだが、いろいろな店に入って、さまざまな商品を見るのは実に楽しかった。若いころ勤めていた会社では男の同僚と何日もウィンドーショッピングしたこともある。あのときはセーターを探していた。

その彼はのちに別の会社の週刊誌編集部に移り、そこでやくざ担当になったほど、怖い顔をしていたのだが（いや、その顔のためじゃないかもしれないが）、あるとき、「恥ずかしいんですけど、ぼく、買い物が好きなんです」と告白してきて、おお、おれもそうなんだと意気投合したのである。

たしかに、買い物が好き、とは言いづらい。古い人間には、なんだか男らしくないように思えるのだ。だから、その彼が別の会社に移ってからは、孤独なウィンドーショッピングを続けていた。その後、仕事が忙しくなって、買い物したくてもその時間がなく、というよりも興味がなくなって三十歳を超えてからは滅多に買い物に行かなくなったが、若いころの癖というものは簡単にはなくならない。

実は今でも、鞄と靴が好きなのである。好き、というのはおかしいか。ようするに幾つもあるのに欲しくなるのだ。もう時間がないので探しまわるわけではないが、街を歩いているときにひょいと見かけると、ふらふらと店に入って買ってしまうのである。この癖だけは治らない。だから、一度も履いていない靴や、一度も使ったことのない鞄がたくさんある。

社会人になる長男にスーツを買ってあげようと近くの街のデパートに出かけたことがある。スーツ売り場に行く前に鞄売り場を通りかかると長男が立ち止まったので、私もついそこに置いてあった鞄を手に取った。しかしまた買って帰ったらカミさんに怒られるよなと考えていたら、長男がぽつりと言った。

「いやだなあ、お父さんのヘンなところが似ちゃって」

彼も鞄が好きであることを、そのとき初めて知った。そうか、ヘンなところが似ちゃったんだ。

穂高明《ほだかあきら》『月のうた』（ポプラ文庫）は、第二回のポプラ社小説大賞の優秀賞受賞作だが、この小説の中に、中学生の民子《たみこ》が伯母の日出子《ひでこ》と買い物に行くくだりが出てくる。民子の母が亡くなって、父が再婚し、その再婚相手が気にいらないので、伯母さんは民子になんでも買ってあげたいのである。

最初は眼鏡を買いに行ったのだが、「スカートでも買ったら？　今日はそのつもりで商品券いっぱい持ってきたんだから」と張り切るのだ。スカートとセーターを買い、マフラーも買おうとしたが、これ以上はいいと民子に断られ、伯母さんががっかりするくだりである。その前年にダッフルコートを買ってあげたときには「ほんとにこんな高いのいいの？」と喜んだ民子だが、これ以上買って貰うと父に叱られると断るのである。もちろん父が叱るのは後妻（つまり民子にとっての継母）に気を使うからだが、その微妙な人間関係がこの買い物の場面にゆらゆらと映っている。

姪っ子に何か買ってあげたいと思う日出子伯母の心理はよくわかる。本当は民子の父だって娘に何か買ってあげたいのだ。微妙な人間関係があるのでそれを言いだせないだけだ。

私が、たまに帰宅すると息子らが待っていたかのように、「外に食事に行こう」と言ってくることが多かった。最初のうちは、たまにしか帰宅しない父親を慕っているのかと思っていた。まったくの勘違いである。外に食事に行くということは、その帰りにどこかへ買い物に行こうということなのである。それは洋服だったり、靴だったり、カメラだったり、まちまちだが、つまり彼らはスポンサーの帰宅を待っていたのである。

私が留守の間、カミさんは何も買ってあげず、お父さんに頼みなさいと言っていたらしい。そこで息子らはスポンサーの帰宅を待っていたのだとやがて判明した。

しかし、それでもいいのだ。息子たちに欲しいものがあり、それを買ってあげられるのは嬉しい。親としては当然の心理といっていい。それに、長男もカミさんも買い物が好きなので、家族で郊外のショッピング・モールによく出かけたが、そういうふうに家族全員で出かけることがだんだん少なくなってきたので、一緒に行動するには買い物はいい機会でもある。私がシャツを買おうとすると、「お父さん、それと似たシャツ、持ってるじゃない」と次男に言われて断念したり、親子の会話も少なからずあったりする。

しかし、そういうふうに買い物好きな家族ではあるけれど、親子が似ているかというとそうでもない。実はいまでも忘れられない光景がある。昨年の冬に自宅を引っ越すことになり、荷物を整理しなければならなくなり、息子たちも着なくなった洋服を処分したのだが、まだ着られるだろうと思うシャツやブルゾンを彼らはどんどん捨てるのである。おいおい。

トマス・H・クック『石のささやき』(村松潔訳/文春文庫)の冒頭近くに、主人公の姉ダイアナがガレージセールを開く場面が出てくる。それには事情があるのだが、それは本文を読んでいただきたい。ダイアナは、鍋や缶詰や塩胡椒から始まって、靴、セーター、スカート、ランプに椅子、絵画や彫刻などの美術品と、あらゆるものを並べるのだが、その中に明らかに買ったばかりで、まだダンボールに入ったままのポータブル・コンピュータとレーザー・プリンターとファックスがあるというくだりに立ち止まってしまった。

実は、引っ越しが迫ったときに長男と次男の捨てた洋服の中に、まだタグがついたままの、つまりは未使用のTシャツが何枚もあった。しかもその中には、私が海外旅行に行ったとき、土産に買ってきたTシャツもあるのだ。これを着ないで捨てるのか。

私はなかなか捨てることが出来ない。Tシャツなどはぼろぼろになるまで着ていることが多い。

それでも買ってくるから、未使用のものが山のようにある。靴もなかなか捨てられない。ところが息子たちは、私と同じように買い物が好きでも、似ているのはそこまでで、あとは違うのである。どんどん捨てていくのである。考えてみれば、着ないものをいつまでも取っておくのは無意味といってていい。広い家に住んでいるわけではないから、スペースの無駄でもある。彼らのほうが合理的でもある。

しかしなんだか複雑な思いがして、廊下に積まれた洋服の山の上にぽつんと置かれた、タグのついたままのTシャツをじっと見ていたのである。

受験と就職

次男が一度は入った大学を三年生の終わりごろにやめたことは前にも書いた。それから一年間ふたたび受験勉強していたことになるので、世間的には四浪に等しい。

大学などはどこでもいい、と私は考えているが、本人はそう思っていないようで、こればかりは仕方がない。結局は志望大学に進むことが出来たのだから、遠回りしたとはいえ、ひとまず安心。

そのころ、長男もようやく就職したので、一度に春が来たようでもあった。実はこの長男も、大学を卒業したのち、どういうわけか二年も留学し（しかも世界一物価の高いロンドン！）、帰国後に現役の四年生と一緒に入社試験を受けたので、それから丸々一年、優雅な生活を送っていた。留学中は遊んでいたわけではないだろうが、結果的には就職するまでだいぶかかったことになる。

ようするに、長男は大学卒業後に三年、次男は大学入学までに四年、それぞれ遠回りしたわけだ。四年後には次男の就職という問題がまだ残っているから、これですべてが丸くおさまったわけではない。長男にしても、とりあえずは就職が決まったとはいえ、はたしてその会社で無事に勤め上げることが出来るのかどうか、まだ皆目わからない。

たとえば、福田栄一《ふくだえいいち》『メメントモリ』（徳間書店）の主人公山県《やまがた》は場末のスナックで鬱屈《うっくつ》した日々にいる。まず、この青年の例を見たい。

学生時代にカクテルの魅力にとりつかれた彼は、大学卒業後に銀座のバーで修業を始め、渋谷のカクテル・バーに勤めることになるが、その店が潰れて、場末のスナックに流れてくる。鬱屈しているのは、ここにはカクテルを頼むような客などいないからである。渋谷時代は、同じくカクテル作りに熱心な同世代の同僚に恵まれ、仕事の合間に参加した、洋酒メーカーと協会が主催するコンペティションで三位入賞を果たすなど充実した日々を送っていたのに、場末のスナックではカクテル調整器具は埃をかぶったまま。これではやる気が湧いてこないのも無理はない。

自分がなりたいと思った職業に一度はついたのに、しかも充実した日々を送っていたのに、その機会を一方的に奪われたわけだから、失意の中で悶々《もんもん》とするのも止むを得ない。

こういうことが実社会では幾らでも待っているということの、これは例証といってもいい。『メメントモリ』は、その日々の中で山県青年がさまざまな人と出会い、見失っていた自分を取り戻していくドラマを描いていくが、たとえどんなことが待っていたとしても、この山県青年のような発見が息子たちにもあってほしい。親としてはひたすらそれを願うのである。

たとえば、宮下奈都《みやしたなつ》『スコーレNo.4』（光文社文庫）だ。これはヒロイン小説である。麻子《あさこ》が中学時代から始まり、高校大学と進み、就職して恋に出会うまでを瑞々《みずみず》しい筆致で描いた長篇である。二〇〇四年に「静かな雨」という作品で文學界新人賞佳作に入選してデビューした作家だ。奇を衒《てら》わずに真っ直ぐ、素直に、そして丁寧に描く筆致に好感を持つ。静謐《せいひつ》、という言葉がこれほど似合う小説も珍しい。

骨董品店を営む父がいる。美人の妹がいる。その家庭の様子が、丁寧に描かれて、麻子の日々がゆっくりと立ち上がってくるのだ。それが凄くいいのだが、ここではヒロインが社会に出るあたりからを取り上げたい。

そろそろ就職活動をしなければならないというとき、麻子は「どんな仕事がいいのか全然思いつかない」と正直に告白するのである。つまり、何になりたいという野心とか熱望はないのだ。「だいたい自分のやれそうなことってわかるだろ。それでいいんだよ。絶対に無理だとか嫌いだとかでなければ、どんな仕事でもいいじゃないか。大事なのはとにかく働くことなんだからさ」と同級生に言われて、英語しか得意なものがない麻子は、語学力を活かしたいと考えて、輸入貿易商社に入社する。

で、配属されたのが靴を輸入する部門。麻子は、靴にも服にも化粧品にも興味がないから、これだけでも困ったことなのだが、しかしもっと困るのは、現場での研修を命じられて、靴屋の店頭に立つこと。つまり、まったく予想外の職種につくことになるのだ。

社会に出るということは、こういうことを意味するのである。希望通りの職種につくことが出来るのはきわめて稀なのである。

実は、この先がいい。あまり詳しく紹介すると内容をばらすことになり、これから読む方の興趣を削ぐことになるので、曖昧に書いておくが、ようするにそこでヒロインは、目の前にある仕事に稚拙ながらもひとつずつ取り組むのである。その連続が日々の仕事であるという真実がここにある。

最後のくだりから引く。

「いろんな引き出しが必要だから雑食でなければならないのだと上司に諭されたとき、私は反論できなかった。今なら、違うとはっきり言える。たったひとつの扉からいろいろなものが取り出せることを私は知っていた。／どうしても忘れられないもの、拘ってしまうもの、深く愛してしまうもの。そういうものこそが扉になる。広く浅くでは見つけられなかったものを、捕まえることができる。いいことも、悪いことも、涙が出そうなくらいうれしいことも、切ないことも、扉の向こうの深いところでつながっている」

私の息子たちも、麻子が発見したものを知ることができるだろうか。親の心配は果てしなく続くのである。

どうして仲がいいのか

私の息子たちは異常に仲がいい。というよりも、弟が一方的に兄に懐いている、と言っていい。長男は自宅を出て、都心で暮らしているのだが、月に一度は東京郊外の実家に帰ってくる。そうすると、次男が待ち構えているのだ。

そんな日は、弟が兄に、なんだかんだと話しかけ、夜遅くまで兄弟で話し込んでいる。聞いていると、サッカーの話題が多い。普段は両親と三人暮らしで、サッカーの話をしたくても出来なかった次男にとって、長男は恰好の話し相手なのかもしれない。

はたして長男がその会話を歓迎しているのかどうかは、よくわからない。ただ、弟に話しかけられてもイヤな顔ひとつせず、相手をしているところを見ると、嫌ってはいないようだ。

とても不思議である。というのは、長男も次男も二十代のよい大人なのだ。もう幼い兄弟ではない。それなのに、こんなに仲がいいのは異常に思える。

幼い兄弟が、時に喧嘩することはあっても、基本的に仲がいいのは、互いが、別の世界をまだ知らないからである。家庭以外の世界をまだ知らず、兄弟はいちばん近い友人でもあるからである。

ところが、社会人と大学生ともなれば、家族の外に世界があることをもうすでに知っている。哀しいことに兄弟は、もういちばん近い友人ではなかったりする。それが普通というものだ。それなのに、こんなに仲がいいのは何なのだろう。

たとえば、重松清《しげまつきよし》の作品集『ツバメ記念日　季節風・春』（文藝春秋）に、「せいくらべ」という短篇が収録されている。

父親が事業に失敗し、突然借家住まいとなった幼い姉弟の物語である。家の中で飛び跳ねたらこっちにも響くからやめてほしいという家主さんからの手紙が郵便受けに入っていて、小学五年生の姉は両親にも見せずに謝罪の手紙を書く。両親は朝早くから夜遅くまで働いているので心配かけたくないのだ。たぶん家の中で飛び跳ねたのは小学二年生の弟だろう。で、お隣さんが家主さんに文句を言ったのだ。

ある日、家に帰ると弟が友達と遊んでいて、どたばたと撥ねまわっている。姉は急いでお隣さんのインターホンをならす。出てきた奥さんに彼女は言う。

「今日だけ、許してください。弟が初めて友だちを連れてきてるんです。特別なんです。お願いします、明日から静かにします、約束します、だから、今日だけ、うるさくても許してください！」

その奥さんから意外な話を聞かされるというこの後の展開は、ぜひとも本文を読まれたい。ここでは、幼い姉弟が密接に繋がり合っているということ、そのことを確認するにとどめたい。この姉弟の光景が美しいのは、そして胸に強く残るのは、それが失われていく光景だからである。私たちも失ったのだから、この姉弟も失っていくだろう。この瞬間だけのものだから、美しいのだ。大人になってまで、こういう交友が続くものではない。

そう考えている私は、自分の息子たちに驚くのである。大人になっても、幼いときの蜜月を失わない関係に驚くのである。

次男が中東各地を一か月でまわってくるという放浪旅行に出たことがあった。なんでそんなところへ行くのかなあ、家にいたほうが安全なのに、とは思うのだが、もう子供でもないのだから、反対もできない。

心配なので世界のどこからでもメールが出来る携帯を母親が彼に持たせたが、そういうことを「うざい」と思っている彼がはたしてきちんとメールを寄越すだろうか。そう心配していたら、数日に一度、きちんきちんとメールが入ったので驚いた。

聞いてみると、「心配だから、必ずメールを入れろ」と長男が彼に言ったようだ。

「お前は簡単に考えすぎる。外国は危ないんだから」。

海外経験の長い長男は、次男をかなり心配していたらしい。親の言うことには反対しても、兄の言うことには従うようで、実家と兄、両方に定期的にメールを入れながら、次男は旅を続けたのである。

しかし最初の二週間はたびたびメールが入ったものの、明日からヨルダンに入るというメールを最後に、連絡がなくなった。その最後のメールは、「本当に来てよかった！ 感謝しています。ありがとう」という末尾で終わっていて、おいおい、あのメールが最後なのかよと焦ったが、どうすることも出来ない。感謝しています、というのは旅行費用を紆余曲折《うよきょくせつ》のあげく結局は母親が出してあげたからだ。

こんなに健気なメールが最後になるなんて洒落にならないよなと思っていたら、一週間後に長男から連絡があり、次男からメールが入ったという。どうやら途中で携帯を紛失したようで、カイロのインターネットカフェからようやく連絡してきたのである。

今回は無事に帰国したが、これから何度もこういう事態はあるに違いない。そのたびに親の心配は続くわけだが、長男もまた心配していたことを今回初めて知った。弟を持ったことがないので、兄の心中を忖度《そんたく》することがなかったが、親と同様に、兄もまた心配していたのである。

兄が弟を心配する姿は、スコット・スミス『ルインズ　廃墟の奥へ』（近藤純夫《こんどうすみお》訳／扶桑社ミステリー）にも見られる。これは、あの『シンプル・プラン』以来、十三年ぶりのスコット・スミスの新作だ。ここでは、これがホラー・サスペンスの傑作であると書くにとどめて、彼らが窮地に追い込まれるきっかけに注意したい。

アメリカからメキシコにやってきた若い二組のカップルが、酷暑のジャングルに赴いたのは、ドイツ人観光客の弟探しに付き合ったためである。出かけたまま戻らない弟を探しに行くとマティアスが言い、彼らが同行することになるのだ。その先に、とんでもない窮地が待っていたわけだから、つまりすべてのきっかけは兄弟の絆ということになる。

おやおや。大人になっても兄弟の仲がいいのは、うちの息子らだけではないようだ。そこで最後に、東野圭吾《ひがしのけいご》『流星の絆』（講談社文庫）を繙いてみる。

これは両親が殺され、苦労して育ってきた三兄妹が、十四年後に復讐計画を練るという話である。東野圭吾の小説らしく、たっぷりと読ませるが、しかしここには、両親が亡くなって、三兄妹は結びつきを強くしなければ生きられなかったという特殊な事情がある。もし幸せなまま成長したら、彼らはこれほどいつまでも密接に繋がっていただろうか。

突然ながら、姉と兄のことを私は思い出す。幼いときはつるんで遊んだ仲のいい三姉弟だった。しかし大人になってからは数えるほどしか会っていない。特に喧嘩したわけでもないので、こうやって姉弟は、そして兄弟は、自然に会わなくなるものだと考えていた。

しかし行き来しなくなったのは私たち三姉弟が冷たい人間だからで、普通はもっと仲がいいのだとも考えられる。『ルインズ　廃墟の奥へ』で、マティアスが弟を探しに行ったように、あるいは私の長男が旅に出た次男を心配したように、幾つになってもそうやって結びついているほうが主流派だということも考えられる。

もしそうであるなら、あなたたちの子供として本当に申し訳ないと、死んだ両親のことを思い出すのである。

美晴さんランナウェイ

総武線の電車の中で、サラリーマンに絡まれたことがあった。ずいぶん前のことだ。知人と話をしていたら、目の前に立っていた中年サラリーマン氏が突然、怒り出したのである。最後まで彼が何を言っているのかわからなかった。興奮しているためなのか、言葉が明瞭ではないのだ。わかったのは、彼がとにかく何かに対して怒っていることだけだった。

その中年サラリーマン氏が電車を降りてから、一緒にいた知人に「どうしたんだ、いまの彼」と尋ねても、「わけのわからんやつはいるよ」と言うだけ。その中年男のスーツの襟に何かのバッジがついていたから、サラリーマンだと判断したが、しばらくしてから知人と談笑していたとき、何度か彼のほうを見たことを思い出し、そうかと思った。

彼を見て笑ったわけではなく、あくまでも知人と談笑している最中の視線の移動にすぎないのだが、彼からすると自分を見て笑ったと思ったのではないか。

目の前に立っていた人であるから、私たちの会話は全部聞こえていたはずなのである。その話がおかしくて笑ったことは明らかなのだ。それを聞いていれば誤解しようのないことなのだが、私たちの会話がすっぽりと抜け落ちて、笑ったことしか目に入らなかったということだろう。いや、それしか理由が考えられないという話である。

そのことに気づいたとき、私は自分の若いころのことを途端に思い出してしまった。隣の人が何を考えているのか、それが気になって仕方がなかった日々があったのである。ようするに自分がどう見られているのか、それが気になっていたころだ。

もちろん、そのときはそう考えていなかった。考えていたのは、正しく理解されたい、ということだ。誤解だけはされたくない。本当の自分を知ってほしい。だからそのために、会話に慎重になる。誤解されるような言い方は慎まなければならない。こう言っては誤解される。ではどう言えばいいのか。そんなことをいつも必死で考えていると、言葉はどんどん出てこなくなる。

若いころに勤めていた会社から出た途端、隣の部署の課長とばったり会い、ちょっと飲んでいこうかと誘われたことがある。ところがバーに入ると、私は何も話せないのだ。どう言ったら正しく理解してもらえるかと言葉を選んでいると時間はどんどん過ぎていくのである。ようするに普通の会話、今日は暖かいですねとか、調子はどうですかといった日常の会話が出来ない青年だったのである。さすがに先方も呆れた様子で、一時間もしないうちに、「じゃあ、出ようか」ということになった夜のことを私はまだ覚えている。

正しく理解されたいということは、他人が自分をどう見ているか気になるということだ。そんなの、どうでもいいじゃん、と思うようになったのは、ずいぶんたってからである。

今でも身近の人たちには理解されたいと思っているが、関係ない人にはどう見られてもかまわない。どんな誤解をされてもいい。そんなことを考えるより重要なことは山ほどあるのだ。今からすれば驚くほど簡単なことにすぎないが、若いころの私にはその自明のことがわからなかった。おそらく、総武線の中で突然怒りだしたサラリーマン氏も、他人が自分をどう見ているか、それが気になって仕方がないタイプの人間だったのではないか。

そういう人には、山本幸久《やまもとゆきひさ》『美晴さんランナウェイ』（集英社文庫）を読ませたい。これは、世宇子《ようこ》が中学に進学して卒業するまでの三年間を描く連作長篇だが、ここで語られるのは学園の日々ではなく、家庭の日々である。語り手の世宇子の目を通して、世宇子の叔母、美《み》晴《はる》さんの自由な生き方が描かれていく。

したがってこれは、美晴さんの二十七歳から三十歳までの日々を描く長篇といってもいい。この若い叔母さんは、近くの古本屋でアルバイトはしているものの、いつも飲んで帰ってきては世宇子の部屋の窓から入ってくる。見合いの席からトイレに行くと言って帰ってくるし、おばあちゃんの通夜も葬式も、煙草を買ってくるとサンダルを履いて出かけたまま行方不明。いやこのときは、気が変わって京都にそのまま行ってしまったのだが。小・中・高の卒業式も全部欠席という強者なのである。

その美晴さんがラスト近くで普通のＯＬになるくだりに留意。毎朝七時に起きて会社に行くのでみんながびっくりするという挿話が最後のほうに出てくる。そのときの美晴さんの台詞を引く。

「会社っておもしろいとこね。学校は同い年くらいの人間ばっかでつまんなかったけど、会社はいろんな年のいろんなひとがいて、おもしろいよ。難点は朝早くいかなくちゃいけないってことだな。それと毎日いかないといけないのもほんとは嫌」

ようするに美晴さんは自由人なのだ。おそらく他人が自分をどう見ているかなど、考えたことがないに違いない。

葬式をすっぽかしたのも、修学旅行に病気で行けなかった美晴のために、おばあちゃんが後日連れていってくれた京都にもう一度行ってみたかったという彼女なりの追悼であるし、勉叔父の結婚式を欠席したのもその結婚に反対して誰一人出席しなかった先方の福井の家に乗り込んだからだ。

つまり彼女は世間の規範から解き放たれて、自分の価値観で生きているのである。他人の目が気になるのは、その自分なりの明確な価値観がないために世間の規範を気にせざるを得ない人間の性なのである。そうも言えるだろう。

ウォルター・テヴィス『ハスラー』（真崎義博《まさきよしひろ》訳／扶桑社ミステリー）の中に、「自分を哀れむのは、最高のインドア・スポーツ」という台詞が出てくることもここに並べておこう。ミネソタ・ファッツに最初に負けたとき、それを酔っぱらったせいにしたエディに対して、同じギャンブラーのバートが言った台詞である。

これは、ポール・ニューマン主演の名作映画「ハスラー」の原作でこれが本邦初訳だが、おそらく美晴さんはエディのような言い訳をしたことがないに違いない。

しかし本当に、自分なりの規範さえ持っていれば他人の目など気にせずに自由に生きられるのか。その問いに答えるためにはもう一冊、今野《こんの》敏《びん》『果断　隠蔽捜査2』（新潮文庫）を繙かなければならない。

これは『隠蔽捜査』の続篇だが、主人公竜崎伸也がラストでたどりつく発見に胸を打たれる。キャリアの竜崎は左遷されて大森署の署長になるが、ここでも自分勝手な刑事や、保身しか考えない管理職に悩まされる。よくある展開といっていい。

しかし前作で感動的な話を書いた今野敏が、それだけの話を書くはずもない。読書の興を削がないようにこれ以上詳しくは書かないが、これは自分なりの明確な規範を持った人間が、本当にそうなのかという発見にたどりつくまでの話である。だからラストで胸が熱くなるのだ。

世間の規範ではなく自分の価値観を持つことは大切だ。長男にも次男にも、他人の目など気にせずに自由に生きるためにもその明確な価値観を持ってもらいたい、と思う。それが親の願いである。

印刷屋になります

酒場の風景を思い出す。大学の先輩と飲んでいて、「お前、就職はどうするんだ」と尋ねられたとき、「いざとなったら、印刷屋になります」と答えたのだ。あのときのことを思い出す。

印刷屋といっても父がやっていたのは孔版《こうばん》印刷で、いまはさっぱり見かけなくなったから少しばかり説明が必要だろう。原紙にタイプで穴を開け、その原紙を機械にかけてインクを穴から滲み出させる仕組みの印刷である。だから孔版という。まだワープロもコピーも普及する前のことだったので、そういう軽印刷の需要が街にはたくさんあった。

穴からインクを滲ませて印刷するものであるから、大量の印刷には向かない。あまり機械をまわしていると穴が緩くなり、インクが限度を超えて紙につくので字が読めなくなってしまうのである。だいたい三百枚から五百枚くらいが限度だった。千部を超える印刷には不向きだったと思う。そういう孔版原紙に字を打ち込むタイピストがそのころはたくさんいた。誰にも出来る仕事ではない。打つ力が均等でないとインクの滲みが不均衡になるのでダメなのだ。うまい人と下手な人がいた。その大半は主婦のパートで、私は大学生のころ、休みになるとそういう家をまわって原稿を届けたり、打ちおわった原紙を回収していた。アルバイトである。

サラリーマンだった父が定年直前に始めた仕事だった。まだ子らが幼かったので隠居するわけにもいかず、苦肉の策で始めた仕事である。人を雇うほどの売り上げがあるわけではなく、父一人で切り盛りしていた。

大学卒業を間近にしても就職の決まらなかった私は、いざとなったらその軽印刷業を継げばいいと思っていたのだ。ようするに現実逃避にほかならない。

幸いにして就職が決まったのでその家業は継がなかったけれど（新卒で決まった職を三日で辞めてしまったので、やっぱり継ごうかなと後日また迷った経緯はあるが）、あのまま孔版印刷業を継いでいたら大変だったろう。ガリ版印刷の次に出てきたのが孔版印刷なのだが、その孔版印刷も、ワープロとコピーの時代がくるとたちまち不必要なものになってしまったからだ。パソコンが普及するとそのワープロまで不要になるとは、想像を絶する変化といっていい。孔版印刷はそういう激動の時代の徒花《あだばな》だった。私たち兄弟が大人になるまでの、束の間の生計費を生み出してくれた孔版印刷にはいまでも愛着があるが、それはまた別の話である。

ようするに若い私には、こういう職業につきたいという明確なビジョンがなかったのだ。ずっと本を読んでいたいとは思っていたが、それは職業のビジョンではなかった。だから、就職活動が思わしくないと、途端に家業を継ごうかなと思ってしまう。たぶんそういうことだろう。

学生諸君と話をする機会がいまでもあるが、そういうとき、自分のつきたい職業がはっきりしている若い人を見るたびに、本当にその職につけるかどうかはともかく、こいつ、すごいなあと思ってしまうのは、自分がそうではなかったからである。あるいは、さまざまな職場でいきいきと働いている若い人を見るたびに、すごいなあと感心するのは、その後勤めた幾つかの会社で若い自分がこれほど熱心に働いていただろうかという反省があるからである。

たとえば、碧野《あおの》圭《けい》『書店ガール』（新潮文庫）を繙こう。新刊書店を舞台にした長篇ということでも珍しいが（ミステリなら、大崎《おおさき》梢《こずえ》『配達あかずきん 成風堂書店事件メモ』などがあるが、普通小説はきわめて珍しい）、なかなか読ませて飽きさせない。

二十七歳の新婚書店員亜紀《あき》と、四十歳の独身女性店長理子《りこ》が事あるたびに対立しているのだが、売り上げ不振の店は閉店するという本部の通達に、もう喧嘩している場合ではないと協力して、店をさまざまなアイディアと努力で立て直すのである。

この業界全体が冷え込んでいるので、書店の売り上げをあげるというのは大変だが、その困難に彼女たちは立ち向かうのだ。そのディテールが読ませる。そしてこの小説は、働くことについてとても大事なことを教えてくれる。

それを紹介する前に、アリソン・ゲイリン『ミラー・アイズ』（公手《くで》成幸《しげゆき》訳／講談社文庫）も繙いてみたい。この主人公サマンサは、劇場の切符売り場で働きながら、保育士をしているのだが、ここではその両方の仕事が描かれる。

これは幼女の遺体入りアイスボックスが発見されるところから幕の開くミステリだが、ここではサマンサの職業に焦点を絞って考えたい。

「保育園の先生をするためにわざわざニューヨークに出てくるひとがどこにいるの？」とか、「切符売り場で働くためにスタンフォード大学に行くひとがいるかしらね？」と母親には言われるものの、サマンサがその二つの職を辞めないのは、同僚に恵まれているからだ。保育園のほうは子供たちが可愛いという理由もあったりするが。ここにもヒントがある。ようするに、書店に勤める亜紀と理子、切符売り場で働くサマンサ、この三人に共通するのは同僚に恵まれているという一点だ。

そして、このことこそ、私たちのシゴトの本質を表しているように思う。つまり、同僚に恵まれていれば、どんなシゴトでも楽しいのだ。

回り道して大学生になったばかりの次男は、遅ればせの青春を満喫するのに忙しく、まだ就職のことは考えていないようだ。

しかし彼にもいずれその季節はやってくる。そのとき、やりたいことがあって、その職につければいちばんいいのだが、そうでないときのことを私は考える。一般的にいえば、そちらの可能性のほうが高いから、そこで気落ちしなければいいのだが、と心配するのである。

どんな会社でも入ってみなければわからないから、難しいことではあるのだが、同僚に恵まれさえすれば何とかなる、と思ってくれないだろうか。若いときにやりたいこともわからなかった私の言うことではないのだが。

愛とお金とセックス

宮本輝《みやもとてる》『海辺の扉』（文春文庫）に、理想とする妻の条件、というのが出てくる。それは、

「夫の収入に文句を言わず、どんな時でも明るく、賢くて、恥ずかしがり屋で、そしてセクシー」

というものだ。これはヒロインの父親の台詞なので、いまどきの働く女性にこんなことを言ったら怒られるかもしれないが、なあに、

「妻の収入に文句を言わず、どんな時でも明るく、賢くて、恥ずかしがり屋で、そしてセクシー」

というのが夫の条件だと思えばいい。つまりこれは、性別を問わず、理想とする配偶者の条件に関する言説として解されたい。

もっとも、結婚についてはさまざまな考えがあり、たとえば、夏石鈴子《なついしすずこ》『夏の力道山』（筑摩書房）に出てくる鍼灸の先生（女性）は、結婚は、

「愛とお金とセックスのうち二つが満たされていれば成り立つ」

と言う。私の会社の女性社員（当時三十代前半で未婚）にこの話をすると、彼女はすぐさま
「じゃあ私は愛とセックスがあればいい」と言った。なるほど、愛とセックスが上位にくるのか。

『夏の力道山』は妻が一家の主として頑張っている主婦小説である。夫の明彦《あきひこ》は映画関係の仕事をしているが定収入がない。妻の豊子《とよこ》は友人と編集プロダクションをやっていて、その稼ぎで二人の子供を養っている。なかなか軽妙な小説で、特に豊子の友人緑《みどり》の、

「雑用を甘く見ちゃいけないよ。わたしがね、短期のバイトばかりしているのは、たくさんの業種でいろんなコツを知りたいから。どんな仕事でも、相手が必要なことをちゃんとわかる人間になりたいと思って」

という「雑用の玄人」論は、これから社会に出ていく息子らに読ませたいくだりといっていい。クリエイティブなことがしたいと言うより前に、雑用のプロになれというのは有益な助言だろう。

その他にも小さな編集プロダクションだから、さまざまな些細なことがあり、それを緑や豊子がどう考えているかというのが大変参考になる。いや、息子らには、ということだが。つまりは健全な人間でありたいということだ。これがいちばん難しいのだが、そうありたいと考える豊子は素晴らしい。その結婚生活も、家事をたまにしか手伝ってくれない明彦にちょっとの不満はあるけれど、私に言わせればこれほど円満な家庭はない。息子らにもこういう家庭を築いてもらいたいというのが親の素直な願いである。

妻の収入に頼っていても、まあいいじゃないか。豊子は働くことが好きな女性で、いまの生活

に満足しているし、明彦も遊んでいるわけではけっしてない。たまたま仕事に恵まれないだけだ。ならば、どっちが稼いでもいい。円満であることが何よりだ。

そこで、湘南を舞台にした作品集、吉野万理子《よしのまりこ》『雨のち晴れ、ところにより虹』（新潮文庫）も繙くことにする。この冒頭に、「なぎさ通りで待ち合わせ」という短篇がある。

これは離婚寸前のカップルを主人公にした作品である。直接の原因は、渉《しょう》が結婚指輪をなくしたことにあるが、基本的には食の不一致。美也子《みやこ》は結婚当初からイタリア料理やフランス料理が好きで、味噌汁を飲みたい渉とは食の好みが合わない。もっとも、美也子は洋風一本やりというわけでもない。たとえば葉山の有名な寿司屋に行くと、その太巻きの美味しさに感激する。ようするにグルメである。対して渉は、ファミレスでもコンビニでも、なんでもいい。どちらかといえば、ジャンクフードが好き。

その違いが、結婚指輪をなくしたことをきっかけに爆発して、離婚話まで飛び出てくる。そのときに、湘南に住む渉の父親から、二人で遊びに来ないかと誘われるところから、この短篇は始まっていく。はたして渉と美也子は離婚することになるのかどうか、という短篇だ。

この小説が教えるのは、ようするに結婚はゴールではないということである。好きになった人と結ばれるのは嬉しいだろう。働く意欲も湧いてくるだろうから、それは親として祝福したい。しかし、生活はそこから始まるのである。どんなに好きな相手でも、自分ではなく他人なのだから、小さな違いと差はある。その隙間を埋めるのは意思だ。二人の努力だ。

ご存じのように、私はそんなことを偉そうに言える人間ではないのだが、これは親の願いとしての言葉だ。私にはそれが出来るという話ではない。そういう努力をしてきたという話ではない。食の好みの違いというのはわかりやすいが、もっと些細なこともあるかもしれない。たとえば整頓好きな人間と、そういうことを全然気にしない人間では、生活の場で食い違う。

配偶者が稼いでくる人の「収入に文句を言わず、どんな時でも明るく、賢くて、恥ずかしがり屋で、そしてセクシー」ならば、そういう食い違いも不和の原因にはならないのだろうか。「愛とお金とセックスのうち二つが満たされていれば」大丈夫なのだろうか。

ようするに、息子たちが恋の季節を迎えるときに、幸せな恋をしてもらいたいと思うのは当然の人情というものだが、その次の結婚生活がとても気になるという話である。

好きな人と結婚して、それで万事がうまくいくならばそんなに素晴らしいことはないが、結婚生活はなかなかに難しいものであるから、そうはいかないことが少なくない。そんなときに、その壁を乗り越えてほしいのである。親としては息子らの、暗く、沈んだ表情を見たくないのだ。それが親としていちばん辛い。出来れば、豊子のような逞しく、賢い女性と結婚してくれ。そう願うのである。

いちばん辛いことは何か

濱野《はまの》京子《きょうこ》『フュージョン』（講談社）の冒頭に、どこへ行くのかも告げずに中学二年の八木原《やぎはら》朋花《ともか》が家を出るシーンがある。どこへ行くのかと母親が聞かないのは、娘に遠慮しているからだろう。

小説の中では何でもないシーンだが、母娘のその微妙な距離が、妙に気になる。親に行き先も告げないのは、まだどこへ行くのか決めてないからだ、というくだりも出てくるが、目的がないのに外出するのは、ようするに家にいたくない、ということだ。無言の外出には、彼らの鬱屈と迷い、そういう感情の爆発がひそんでいる。

このときの母親の胸中を考えるだけで胸が痛くなってくる。何も告げずに家を出ていくわが子の後ろ姿を見るのは、たとえまだ行き先が決まっていないからだとはいえ、辛い。子供の鬱屈と迷いを、遠くから見るしかないという自分の無力さが辛い。

幼子のときは外出のたびに親の手をしっかりと握っていた子らも、成長するにつれて、そういう無言の外出をするようになるもので、八木原家だけが特殊というわけではないだろう。どこの家にもあることだ。

いや、八木原家はやっぱり特殊かもしれない。なぜなら、朋花の兄、悠也がずっと家出中だからである。高校まで成績優秀でスポーツも万能だった悠也がなぜ家出したのか、物語ではその理由は語られない。しかし親に反抗しての家出であることは明白だ。

ようするに悠也が家出してしまったので、母親は朋花に何も言えないのである。朋花まで家出されたら困るので腫れ物に触るように接しているのだ。

この『フュージョン』は、人気のスポーツ、ダブルダッチを描いた長篇だ。二本の縄を飛ぶのがダブルダッチで、さまざまな技があるらしいが、中学二年のヤギトモ（八木原朋花）が出会ったそのダブルダッチの世界と、少女たちの交流を鮮やかに描いて、なかなか読ませる長篇になっている。

しかしここでは、朋花と親の関係に話を絞りたい。たしかに悠也が家出するくらい、朋花が反抗するくらい、彼らの親は無理解だったかもしれないが、永遠に無理解というわけではない。一時期はひどいことを言ったかもしれないが（このあたりは全部私の想像で、この小説とは関係がないことをお断りしておく）、親だって暴走することはあり、もう反省をしているのだから、そろそろ許していただきたい。そう考えているかもしれないではないか。いつまでも離反しているのではなく、和解の季節がこの家族に訪れることをひたすら祈りたい。

ここでは、子の離反が親にはいちばん辛いという真実を確認しておきたい。

わが子が涙を流していたり、暗い表情をしていたら、すごく気になるし、親としてはそれも大変に辛いけれど、しかし親子の間に会話があり、そういうことも話せる仲であるならば、子の苦境を共に生きることも可能になる。共に泣いて、共に苦悩して、最善の道を模索することも可能になる。

それよりもやっぱり、離反が辛い。子が何かをかかえこんで話してこないこと。無言で外出すること。そして家出すること。それがいちばん辛い。

しかし八木原家はまだいい。兄の悠也が家出しているとはいえ、朋花にメールを送ってくるのだから、どこかで確実に生きているのだ。

子に家出されたら親として辛いだろうが、しかし子が生きているなら和解のチャンスは必ずやってくる。誤解が解ける機会もあるだろう。ところが、イーラにはその機会すらないのだ。これほど辛いことはない。

セバスチャン・フィツェック『ラジオ・キラー』（赤根《あかね》洋子《ようこ》訳／柏書房）のヒロインである。イーラは長女ザラに自殺され、それが自分の責任だったのではないかと考えて、いまは酒に溺れている。その深い喪失感からこの長篇は始まっていく。

無言の外出や、家出はまだいい。それも親としては辛いけれど、まだ救いは残されている。いちばん辛いのはわが子の死にほかならない。そうなるともう和解の機会は二度とないのだ。その悔いの中にイーラはいる。死こそ永遠の別れである。

ラジオ局のスタジオを占拠した男が無作為に選んだ視聴者に電話をかけ、合言葉を言えば一人ずつ人質を解放するが、合言葉を言わなかったら一人ずつ殺していくと宣言し、かくてベルリン警察の交渉人、犯罪心理学者のイーラが現場に呼び出されることになる。こうしてこの物語の幕が開くのだが、問題は、イーラの自責の念はいつ癒されるのか、ということだ。その一点に向かって物語は進んでいく。

その辛さをイーラがどうやって乗り越えていくか、『ラジオ・キラー』の見どころはそこにある。「ノンストップ・サイコスリラー」と帯にあるように、ミステリではあるので、これ以上の詳しい紹介をしてしまうとネタばれになってしまうだろう。

イーラの克服の過程は本書をお読みいただきたい。

しかし、いくら子の離反がイヤであっても、子らを永遠に家に縛りつけておけるものではない。時期が来れば、彼らが家を出ていくのは当然といっていい。

それが自然であるというのに、そうならない家族もあって、それが緋田家だ。中島京子《なかじまきょうこ》『平成大家族』（集英社文庫）である。

緋田《ひだ》家の当主、龍太郎《りゅうたろう》は七十二歳。大学の後輩と共同経営していた歯科クリニックを二年前に勝手に定年退職し、いまは悠々自適の隠居生活。六歳年下の妻春子《はるこ》はこのごろかなり耳が遠くなっているし、春子の母タケもボケ始めているが、しかしまだ大丈夫。気になるのは、三十歳になろうというのに長男の克郎《かつろう》が就職もせずに引きこもっていることだ。

いったい何を考えているのだと龍太郎、面白くない。しかしこれはまだ序の口で、そのうちに亭主の事業が失敗し、中学生のさとるを連れて、つまり家族三人で長女逸子《いっこ》が帰ってくる。

これだけでまだ終わらない。次女の友恵《ともえ》が離婚して実家に戻ってくるのだが、友恵は妊娠していてしかもその父親は元夫ではないというから、ややこしい。

家族は離反していくのが普通なのに、緋田家は離反どころかどんどん集まってくるのだ。拡散しないのは、主に経済的な事情とはいえ、実に皮肉な家族小説といっていい。

静かな暮らしが突如八人の大家族（友恵の出産がすめば全部で九人だ）になってしまうから大変だ。その混乱大家族を描いたのがこの長篇で、読み始めるとやめられなくなる。

中学生のさとるにも、次女の友恵にも、そして引きこもりの克郎にも、それぞれの事情というものがあり、それらのドラマが鮮やかに描かれて興味深い。うまいなあ中島京子。

しかし、そういう小説の評価を離れて言えば、親としてはどうなのだろう。

子が幼いうちはともかく、子が大人になってからは、適度に離れて、適度に連絡を取り合う関係がいい。それが親子の理想的な関係であるように思う。どんどん集まってくる子らに振りまわされる龍太郎を見ると、特にそう思うのである。

我が家の愛犬ジャックのこと

1

アイスクリームを買ったことを思い出す。犬用のアイスクリームを、あるコンビニで売り出したというので、さっそく買いに行ったのである。愛犬ジャックが元気だったころのことだ。

人間用のアイスクリームより高いとは知らなかった。しかも一口食べてみたら、味が薄い。人間には、という話だが。しかしこれは考えてみれば当然だ。人間が食べるアイスクリームでは味が濃すぎて、犬の体にはよくないのだろう。人間より体がちっちゃいんだし、人間と同じものを食べていたら、体を悪くしても不思議ではない。味が薄いことにはそれなりの理由があると推察する。

考えてみると、昔は乱暴だった。私が幼いころに生家でクロと名付けた犬を飼っていたが、クロの食事は人間の食べ残したものだった。前の日の晩飯の残りのことが多い。ご飯に味噌汁をぶっかけて、それを食べさせていた。

これ、考えてみたら、かなり乱暴である。味噌汁の塩分を犬が人間同様に摂取するんだから、体にいいとは思えない。いや科学的に根拠があって言っているわけではなく、だいたいの感じなんですけど。

それは私の生家だけでなく、近所全体に共通することで、当時の飼い犬はみんな、味噌汁ぶっかけご飯を食べていた。そのころドッグフードがあったのかどうか知らないが、昭和三十年前後であるから、まだ日本中が貧しいころで、たとえドッグフードがあったとしてもいまのように毎日買う余裕は、普通の庶民にはなかっただろう。

クロはカレーライスが好きだった。前の晩のカレーが残ったときは翌朝冷や飯にカレーをかけて食べさせたが、そんなとき、クロは尻尾をぐるんぐるんふりまわすのである。そういえば、氷も好きだった。夏は時々、氷のかけらをあげたものだが、このときもがりがりと齧って飽きなかった。そのころの飼い犬よりも、いまの飼い犬のほうが幸せなのは、栄養のバランスをきちんと考えたドッグフードがあり、それを食べさせてもらっていることだ。食生活が大切なのは人間だけのことではない。それなのにジャックは、ドッグフードの上に缶詰(これも犬用)の肉をのせると、その肉だけさっと食べてあとは残すのである。お前、それは贅沢というものだろ。

もっとも、それは早く散歩に行きたいから、ほら食べましたよというポーズなのかもしれない。というのは、散歩から帰ってくるとまず水を飲み、次にドッグフードに顔を突っ込み、ぽりぽり食べるからだ。

夜吠えるので玄関まで見に行くと（ジャックの犬小屋は外にあるのだが、いつの間にか玄関の内側が彼の寝床になってしまっている）、こちらの顔を見て安心するのか、ドッグフードに顔を突っ込んで、ぽりぽり食べることも少なくない。一人（いや一匹か）では食べないが、誰か家人がそばにいると安心して食べるのである。よその犬もみんな、そうなんだろうか。

我が家から数分のところに義父と義母が住んでいて、その家の前を通るのが散歩コースのひとつになっていたが、近づいてくるとジャックは早くそこに着きたいとばかりにいつも綱を引っ張る。義母がソーセージをくれることをジャックは覚えているのだ。だから、早く早くといつもぐいぐいと綱を引っ張る。庭から入って、ガラス窓に顔を近づけ、前脚をガラスにつけてひっかく。かりかりかりかりかり。その音が聞こえると奥から義母が出てきて、その顔を見るとジャックの尻尾が振られる。いつもの儀式だ。で、首尾よくソーセージを口にすると、さあ、次はどこへ行くの、とこちらの顔を見上げるのである。

犬用のアイスクリームをあげたときの話だが、初めて見るものだから、最初は警戒して差し出したスプーンの上のアイスクームをぺろっと嘗《な》めるだけ。おや、何だろうという表情だ。で、またスプーンに顔を近づけて、ふたたびぺろっ。おお、おいしいよこれ。犬が言葉を喋れたら、絶対にそう言っているのではないかと思われるほど、今度はぱくっと口に入れて、あっという間に次の催促だ。

あのときのアイスクリームを、ジャックはずっと覚えていただろうか。翌年の夏はアイスクリームを買うことをすっかり忘れてほっといたことをいま思い出した。

2

家族で晩飯を食べに行くことになり、家を出たところでミニチュア・ダックスフントと会った。これもジャックが元気だったころの話だ。これが可愛い犬で、まずカミさんのところに駆けていって、じゃれつき、次に私のところに来た。カミさんとは馴染みのようだから、顔を見てじゃれつくのはわかるけれど、私は初対面である。それなのに、すぐに飛んできて尻尾を振るのだ。ただし、落ち着きのない犬で、私はもっと体中を触っていたいのに、すぐに長男のところに行ってしまう。みんなに愛嬌を振りまくのである。「オレのところには来てくれないのか」と次男が言うと、その声が聞こえたかのように、今度は次男のところにちょこちょこと駆けていく。愛は平等なのだ。大学生の次男が「可愛いなあ」と体を撫でさするのも当然だろう。これだけ愛嬌を振りまかれると、ホント、可愛いと思う。

カミさんによると、そのミニチュア・ダックスフントはメルちゃんといって、我が家の愛犬ジャックのお気にいりだという。散歩の途中でメルちゃんと会うと、ジャックも喜んで、しばらく二匹で遊ぶのだという。メルちゃんはまだ三歳で、ジャックはもう十二歳を過ぎている。歳がそんなに違う牡犬同士で、ここまで仲がいいのは相性としか思えない。あるいはメルちゃんは、ジャックの家の人間だと知って、私たち一家に駆け寄ってきたのかもしれない。ジャックの匂いが私ら家族にはついているはずだから。

人間に相性があるように、犬にも当然ながら相性があり、仲のいい犬と、あまり仲のよくない犬がいる。我が家の愛犬ジャックは疑うことを知らないので、幼いころはどんな犬にでも猫にでも、尻尾を振って近寄っていったが、そこで猫に嚙みつかれ、犬に吠えられると学習するようになる。次に会っても知らん顔して近づかないのだ。その代わり、相性のいい犬に会うと、綱を引っ張って近づこうとする。

もうずいぶん前のことになるが、坂下の家に大きな犬が二匹いた。最初はどうしてその家の前でジャックが立ち止まるのか、わからなかった。しばらくすると、すごい勢いで大きな犬が二匹駆けてきて、門の内側から鼻を突き出して、ジャックの匂いを嗅ぎ始める。ジャックも鼻を近づけて、挨拶だ。私がいつも散歩に連れていっているわけではないので、最初のきっかけは知らないが、どうやら相性のいい犬だったのだろう。それから私が散歩に連れていくときは、その家の前を通るようにして、二匹と一匹の束の間の逢瀬を待つことにした。

それからずいぶんたったころ、その家の前で立ち止まらないので、おやっと思った。知らん顔で通りすぎようとするのだ。私が立ち止まると、仕方ないなという顔をしたが、いつまでたっても、二匹の大きな犬は駆けてこなかった。引っ越したのか、何か事情があったのか、詳しいことは知らないのだが、その家にもう大きな犬はいなかったのである。それをすでにジャックは知っていたから、立ち止まらなかったのだろう。久しぶりの散歩で、そのことを知らなかった私が余計なことをしたことになる。

毎日散歩をしていれば、そういう細かな事情もわかるのだが、たまにしか散歩にいかない私にはそこのところがわからない。だから散歩の途中で、向こうから犬がやってくると、ジャックの様子をうかがいながら、歩調をゆるめる。もしジャックが近づこうとしたらすぐに対処しようと思うのである。ジャックが知らん顔したら、そうか、あまり会いたくないんだとそのまま通りすぎる。

もっとも様子をうかがうよりも、ジャックの尻尾が振られることのほうが早い。まず立ち止まり、おやっという顔して尻尾を振り、すごい勢いで綱を引っ張って近づこうとするのだ。犬を連れた先方のご婦人の顔も同時にほころぶから、ジャックの様子をうかがうまでもない。

散歩から帰って、家に入ろうとすると、時折、ジャックは道の遠くをじっと見て、家に入らないことがある。遠くから親しい友の匂いがするのだろうか。何も姿は見えないというのに、じっと立ち尽くして微動だにしないのである。そんなとき、彼の気がすむまで私もそばに立ち尽くすのである。

3

近所を歩いていて、黒い犬に出会うと、いつも立ち止まってしまう。ジャックのことを思い出すからだ。冬の終わりに自宅を引っ越したことを思い出す。近場への引っ越しなので、移動距離はたいしたことがないのだが、荷物を運ばなければならない点では遠くの街への引っ越しと同じで、なかなか大変だった。二十年以上住んでいた家だから、知らない間に不要なものが溜まっていて、その整理に数か月かかってしまった。

引っ越し当日、愛犬のジャックは近所に住む義父の家に預けた。家族旅行するときなどにこれまでもよく預けていたので、ジャックも慣れている。もっとも置いていかれたことは知っているようで、帰ってから義母に聞くと、そういうときにジャックはいつもすねていたという。

そういえば、家族の誰かが外出しようとすると、自分も一緒に連れていってくれとばかり、足にじゃれつくジャックも、家族全員が食事しに外出するときは、立ち上がってこない。家族四人が玄関に出てくると自分は置いていかれるとわかっているのか、顔をそむけるのだ。けっしてこちらの目を見ようとしない。で、留守中に床をがりがりかいて、うっぷんを晴らすのである。

ジャックを引き取りに行ったのは、引っ越しの翌日である。見たこともない新しい家に連れてこられて、ジャックも当惑したのだろう。その夜はずっと鳴いていた。

踏切際に捨てられていたのを拾ってきてから十五年、ジャックはずっと同じ家に住んでいた。以前の家が彼にとっては我が家なのである。それが突然知らない家に連れてこられては当惑するのも無理はない。

家族全員がその家に揃っていても、それとこれとでは話が別なのだろう。

以前住んでいた家はリフォームして売りに出す予定で、そのために工事関係者が入っていて、引っ越し後も打ち合わせのためにほぼ毎日見にいかなければならない。歩いて数分の距離だから、散歩がてらにジャックを連れていった。引っ越し数日後のことである。

ところが、玄関に繋いで工務店の人と打ち合わせし、さて帰ろうと思ったら、ジャックは動こうとしない。綱をいくら引っ張っても抵抗するのだ。ここはもうお前の家じゃないんだよ、と言っても、だめなのである。

散歩のとき、突然立ち止まって動かないことがよくある。気になる匂いに遭遇すると、こちらがいくら引っ張っても、ガンとして動かない。気のすむまで匂いを嗅いで、もういいというまで仕方なく待つことになるが、そのときと同じ。まったく動かない。

無理やり綱を引っ張って外に出し、短い坂を降りていくと、今度は何度も後ろを振り返る。以前の家に未練たっぷりだ。しかも、くーんくーんと鳴くのである。

今度の家のほうが広いのである。ジャックの居住スペースでいうと、倍くらいになったのである。以前の家では狭く、陽の当たらない玄関にいたことに比べ、今度の家では陽も当たるし、住み心地もいいと思うのだが、やはり住み慣れたところがいいのだろうか。

もっとも二週間もすると、ジャックも新しい家に慣れたようで、散歩の催促以外には鳴かないようになった。

なにしろ以前の家と今度の家は数分しか離れていない。だから散歩の途中で、以前の散歩コースに出ることがある。ジャックにとっては見慣れた風景のはずだ。それでも、そういうところに近づいても、以前の家のほうにもう引っ張ろうとはしない。

曲がり角まできて、自分が育った家のほうに行きたがるかなと足を止めると、どっちに行くの、こっち？　とこちらのほうを見て、以前の家とは反対のほうに綱を引っ張っても、そのままおとなしくついてくる。

以前の家にかぎりなく接近してみたこともある。家が見えるか見えないか、というあたり。以前の散歩のときは、そこから綱をくわえて家に駆け戻る地点である。そっちに行きたがるかなと思ったのだが、もう平然と通りすぎたから逆にびっくり。

なんだよ、結構薄情じゃんお前、とちょっぴり淋しく、しかしほっとしたものだ。

私のほうが引っ越した家に慣れるまで時間が必要だったことがおかしい。しばらく落ち着かない日々を過ごしたことを覚えている。

4

競馬場から帰宅すると、これから旧宅に行くんだけど、一緒に行く？　とカミさんが言う。旧宅が売れ、その翌日が契約の日だった。契約が終われば、そこはもう他人の家になり、自由に入ることはできない。だからその日が最後のチャンス。ジャックを連れていって写真を撮るというのだ。おお、そういうことなら家族全員で行こう。

旧宅はリフォームをすませ、なんとかクリーニングというやつもしたので、中は見違えるほど綺麗だった。荷物がなにもないので、思ったよりも広い。長男が二歳のときに引っ越してきた家である。つまり、二十年以上、暮らした家だ。次男は、この家で生まれたので、最初は引っ越しすることに抵抗があったという。その気持ち、わからないといっては嘘になる。家のどこにも、思い出が詰まっているのだ。

サンルームで家族の写真を撮った。まだ陽があるからフラッシュなくても大丈夫だよ、とか、逆光になるんじゃないのとか、写真を撮るということだけでも結構楽しい。帰りに家の前で、ジャックを真ん中に写真を撮った。ジャックが動くので、撮りづらい。ちょうどいいアングルになかなかならない。何度も失敗し、ようやく思い出ツアーは終了。

旧宅から狭い坂を降り、坂下で振り返った。なんだか感傷的な気分である。ところがジャックは、もう行こうよと下に引っ張る。

新居に引っ越した直後は、ふてくされて庭にも出なかったのに、いまではすっかり新居に慣れて、旧宅を見向きもしないのである。ふーん、そんなものかと思って坂を降りていくと、二匹のレトリーバーに会った。

先方が尻尾を振り、ジャックも近寄るところを見ると、友達なのだろう。あとでカミさんに聞くと、牝犬はラブちゃん、牡犬はブルースというんだそうだ。引っ越したといっても、歩いて数分のところに越しただけなので、散歩の途中に、このようによく友達と会う。それだけはよかったなと思う。三匹の犬がじゃれるのに飽きるまで、しばし休憩。しかし犬というのは薄情なのか、気が変わりやすいのか、じゃあ行こうかと綱を引っ張ると、今度は振り向きもしないのだ。少しは未練がましくラブちゃんとブルースを振り向くかと思ったが、とっとこ歩いていく。

新居に戻る途中に階段があったので、「これを昇るとどこへ出るの？」とカミさんに尋ねると、「行ってみる？」。息子らはもう家に戻りたかったようだが、「みんなで行こうよ」と誘うとついてきた。私は普段、ほとんど家にいないので、こういうケースは少ないのだ。子らが幼いころはそれでも休日ごとにいろいろなところに行ったけれど、最近は滅多に家族で行動することがない。おそらく息子たちは私の感傷的な気分に付き合ってくれたのだろう。

ジャックは、もうすぐ家に戻るというところで方向転換になったので、えっ、こっちへ行っていいのとぐいぐい綱を引っ張る。階段の上に出ると、見晴らしのいい高台に出た。階段の下は普通の住宅街だが、ちょっとだけ上に昇ると別世界なのである。「こっちへ行くとどこへ出るの？」曲がり角に出るたびにカミさんに尋ねたが、全部は覚えられなかった。

旧宅に引っ越したとき、半年後に通勤電車の中でふと顔をあげたら、電車が多摩川を渡っていて、えっ、多摩川の先に引っ越したのかと、驚いたことがある。もちろん、理屈ではわかっているのだが、通勤電車の中ではずっと読書していたので、それまで車窓を見たことがなかったのだ。たとえば今度の新居は坂の途中にあるので、そこから階段を昇れば、高台に出るのはわかっている。理屈としてはわかる。だが、それを実感するのとでは大違い。旧宅とはたった数分しか離れていないのに、景色がまったく異なることが面白かった。

休日の夕方は、そうしてあっという間に暮れていった。その日に撮った写真はまだ見ていない。ジャックは黒い犬なので、もともと写真映りが難しい。実物はとても表情豊かな犬なのだが、写真に撮ると背景に溶けて、その表情が見えにくい。旧宅の前で撮った最後の記念写真も、おそらくジャックの表情がよくわからないのではないかと思われる。でもいいのだ。ジャックの顔も、その喜びの声も、甘える表情も、家族全員が覚えているから。アルバムは私たち家族の心の中にあるのだ。

第二章

家を出る季節

熱海の夜

土曜の早朝に甥から電話が入った。「母さんの事態が急変して緊急入院した」と甥は言う。甥の母親というのは、私の姉である。数年前から癌の治療をしていたが、それがどうやら脳に転移したらしい。競馬場に行くのを中止して熱海の病院に急いだ。

独身の甥は、私の生まれ育った池袋の生家で姪一家と同居しているが、姉は数年前から熱海で一人暮らしをしていた。で、地元の病院に緊急入院したということだろう。

熱海駅から歩いて数分、海に面したところにその病院は建っていた。部屋番号を電話で聞いていたのでそこに急ぐと、ベッドに見知らぬ老人が寝ている。あわてて部屋の入り口に掲げられている名前を再確認するが、そこには姉の名前がある。しかし、ベッドに寝ているのは見知らぬ他人だ。しかも、おじいさんだ。性別からして異なる。どういうことなのかと廊下に出ると、そこに甥がやってきて、さっきまで私がいた部屋に入っていく。この部屋でいいのか？　ということは、これが姉なのか。

抗ガン剤の影響で頭の毛が一度抜け、ふたたび生えはじめたころだったのだろう。つまりは五分刈りの状態になっている。見知らぬ他人（しかも、おじいさん）だと思ったのはそれがひとつ。もうひとつは、全体的に小さくなっていたのだ。女性としては大柄な姉がこれほどまでに小さくなっているのはショックだった。

考えてみると、もう姉とは七〜八年も会っていない。電話では話していたものの、顔を見るのも久しぶりである。闘病生活に入ってからは会ったことがないのだ。

元気なころの姉の姿しか私の記憶にはない。それに比べると、そこに横たわっていたのはまったくの他人といっていい。しばらくそのショックが抜けきらない。

医者から説明を受ける間に甥を見ると、彼の頬を涙が伝っていた。その十日後に姉は亡くなった。享年六十七。

しょっちゅう喧嘩をしていたが、仲のいい姉弟だったと思う。若いころの私はガールフレンドが出来るたびに姉に紹介し、「あの子はあんたに向かないと思う」と言われると途端に熱が冷めてしまっていたから、これではシスターコンプレックスと言われても返す言葉もない。

姉も男と付き合うたびに私に紹介するのだが、困ったことにその相手の大半は妻子持ち。こちらはどういう顔をして会えばいいのかわからず、なんとも迷惑な女だった。ようするに会社を変わるたびに、その会社の上司を好きになるのだ。

二人ともフリーのときは、どちらからともなく電話で誘い合い、二人で飲んでいたが、いったいどんな話をしていたのやら。ちょうど私が銀座に勤めていて、彼女が日本橋の会社に勤めていたときは、互いの会社が近いこともあり、よく飲んだ。私が二十代半ばのころである。

彼女が三十歳を過ぎて結婚してから、そういうふうに飲むことは途絶えたけれど、離婚して東京に帰ってくると、また復活。三十五歳の弟と、四十歳の姉が、二人きりで飲むのだから、やっぱりそれなりに仲がよかったということだろう。

立川談四楼《たてかわだんしろう》『一回こっくり』（新潮社）は、自伝小説であり、江戸を舞台にした人情咄「一回こっくり」が出来るまでのドキュメントでもあるが、その冒頭に主人公の弟が亡くなる挿話が出てくる。近くの沼に鯉を釣りにいくとき連れてってくれとすがる弟を、主人公は置いていくのだ。仕方なく弟は友達と自転車に乗って遊び、スポークに左足踵をはさまれ、その傷口からバイ菌が入って数日後に死んでしまう。

自分があのとき沼に連れていってやれば、と主人公は自責の念にかられるという挿話だが、白眉は自分の子供たちが小学校に入学し、初めての通信簿を貰ってくる場面。何かが彼の胸を突き上げるシーンから引く。

「でも弟よ、悦史《えつし》よ。オレの息子は一年生一学期の通信簿をもらってきたぞ。すまない。長く忘れててすまない。墓参りに行ったのは、あれはいつのことだったか。自責の念に涙がにじんだ」

姉の通夜は、熱海の山の上にある火葬場で行われた。月に一度しか家に顔を出さない私の長男も、毎日夜遅くまで外出してどこにいるのかわからない次男も、この日はスーツ姿で参列した。

私の両親の、つまりは彼らの祖父母の葬儀のときや、一周忌のときに何度か会ってはいるものの、私の姉は、彼らがそれほど親しかった相手ではない。それでもおとなしく、坐っていた。

私が強制したわけではない。長男はもう社会人で、日曜も祝日も関係なく仕事していたから、その日に仕事が入っている事もありえた。その場合は仕方がないと思っていた。次男はまだ大学生だが、最近はあまり会話もないので、考えていることがわからない。そんな通夜など出たくない、と言うことだってあり得た。

その二人がおとなしく坐っていることが不思議だった。

親しい人間だけの静かな通夜だったが、それでも甥の会社の人や、姪の旦那の親族とか、姉の高校時代の友人とか、それなりの人数にはなる。受け付けはどうするのか、寿司はテーブルの上にあっても箸が見当たらないとか、細かなことが幾つもある。

葬儀屋が頼りにならないのか、甥が指示しないからいけないのかはわからないが、気がつくたびに長男や次男に声をかけると彼らは素早く動いてくれた。

私の兄は、ただ黙って坐っているだけだった。私が兄と会うのも、両親の一周忌以来だから、十五年ぶりである。私と兄は、高校を卒業してからは、ほとんど口を利いたことすらない。私と姉のようには親しくないのだ。少しだけ特異な兄弟関係といっていい。

こういうふうにはならないでくれ。ずっと仲のいい兄弟であってくれ。長男と次男を見ながら、しみじみとそう思った熱海の夜であった。

一枚の写真

姉の納骨を済ませた日、従兄が「これを持ってる？」と数葉の写真を差し出してきた。そのうちの一枚は、池袋の生家の縁側に、私の両親、兄と姉、そして従兄たちとその妹、弟、全部で八人が映っている写真だった。写真の裏に「1953年1月3日」と書いてある。正月に従兄弟の兄弟がうちに遊びにきたときに撮った写真なのだろう。ということは私が七歳、兄が十歳、姉が十二歳のときだ。先月亡くなった姉は、その写真の中で小学六年生にしては大人びた表情をしている。結構可愛らしい。和服姿の両親は、父が四十四歳、母が四十一歳のときである。昔の人は和服がよく似合う。

私と兄は、セーター姿だ。この写真を見た途端に思い出した。私たちの着るセーターはすべて母の手編みだった。古いセーターをほぐし、毛糸を巻いて編み直すのである。小学校を卒業するまで、セーターを店で買ったことはない。

それはいい。みんなが母親の編んでくれたセーターを着ていた時代だから、私の家だけが貧乏だったわけではない。

幼い私の不満は、いつも兄のお下がりがまわってきたことだ。私も母に編んでもらいたかったのに、いつも私のセーターは兄のお下がりだった。前年の冬に兄が着ていたセーターがまわってくるのだ。しかし貧しい家の主婦はあらゆることに忙しく、私の分も編んでくれとは言いにくい。あるとき、あんたの分も編もうかねえと母が言ったときは嬉しかった。兄のセーターをほどいて編み直すだけなのだが、それは世界にたった一枚のオリジナルなものであり、私だけのものであった。

穂高明『かなりや』（ポプラ文庫）は連作集で、その冒頭「アポトーシス」という章に、サチという高校一年の少女が登場する。

幼いときから母親に虐待されている少女だ。小学校にあがってすぐ、母親が天ぷらを揚げていたとき、少女は冷蔵庫からジュースを取り出そうとしてこぼしてしまう。すると、逆上した母親は揚げたてのサツマイモを少女に投げつける。そのときの火傷のあとが少女の右手にまだ残っている。

ジャガイモの皮むきを手伝っていて、包丁を床に落としたときには沸かし始めた浴槽に顔を押しつけられる。おなかに赤ちゃんがいるときにサチが転び、それでびっくりして流産したというのが母の言い分で、せっかくの男の子だったのに、女の子なんていらなかったのに、と幼いサチをいつも叱る母親なのである。

そうやって母はどんどんサチを追い詰めていく。いまは高校一年だが、それでもサチは追い詰められていく。少女がもとめていたのは愛してもらうこと、それだけだったのにそれが満たされない哀しみの中に彼女はいる。

辛い話だ。哀しい話だ。こういうのを読むたびに、私たちは貧しかったが、しかし間違いなく両親に愛されていたと思うのである。「貧しいときってこうやって、しょっちゅう会っていたんだよな」従兄がぽつんと呟いたことが印象的だった。彼は私より九歳上なので、写真の中の従兄は十六歳ということになる。詰め襟姿なのは高校一年だったからか。

「親友に妹をあげたんだ」

生前の父からそう聞いた覚えがある。父の親友に、父の妹が嫁ぎ、そうして生まれたのが従兄たちだった。だから父にとって彼らは、親友の子であり、妹の子であったことになる。

そういえば、縁側で撮った写真は初めて見るが、従兄たちの映った違う写真は何枚も記憶がある。そうやってしょっちゅう遊びにきていた、ということだろう。

ピーター・テンプル『壊れた海辺』（土屋《つちや》晃《あきら》訳／ランダムハウス講談社文庫）の中に、主人公のポート・モンロー署署長キャシンが幼いころを回想するシーンがある。

父が亡くなる前の最後の夏、オープン・ビーチの上に建つ小屋で過ごした日々を、思い出すのである。きちんとした別荘が建つ前、掘っ建て小屋をみんなが砂丘の上につくっていたころのこと。毎年都会の子供の姿がふえ、それを横目に見ていた日々を、彼は思い出す。そのくだりから引く。

「彼は駐めた車内で無線に耳をすませながら、母と旅した日々を思った。出会った子どもたちのなかには、学校へ行かずビーチにたむろする不良がいた。肌は焦げ茶だったりそばかすだらけで、紙みたいになった皮がむけっぱなしの白人たち。サーフィンを教えてくれた少年と会ったのはニューサウスウェールズ、バリナだったかもしれない」

その直後に、「もうここには飽きたわ。行きましょう」、母がそう口にするのが、北へ移動するきっかけだった――という一文があるので、母と子で放浪していたことがわかるが、それ以上の具体的な記載はない。どうやら掘っ建て小屋も売って、その後母子で放浪していたらしいのだが、その旅の様子を勝手に想像し始める。

おそらく裕福な旅ではなく、貧しい旅であろうから、楽な旅ではなかったに違いない。しかし、母に愛されていると感じているかぎり、キャシンは幸せだったのではあるまいか。おいしいものを食べなくても、そしてふかふかのベッドの上で寝なくても、母に愛されているならば、それだけで十分に幸福だったはずだ。

縁側に集まって映っている写真の中で、七歳の私と十歳の兄は、口を半開きにして笑っている。その後ろで十二歳の姉も、微笑んでいる。母はよそ見をして、父は照れたように首を傾けているが、こういう蜜月があったのだと思うと、なんだか胸が痛くなってくる。

両親は十七年前に亡くなり、姉は先月亡くなり、五人家族の中で残ったのは兄と私だけなのである。で、この兄弟は大人になってから口を利いた回数を数えられるほど、行き来をしていないというありさまだ。まさか、そういうふうになろうとは、この写真を撮るために縁側に並んだときには思ってもいなかったに違いない。この家族の蜜月は永遠に続くのだと思っていたに違いない。

天童荒太《てんどうあらた》『悼む人』（文春文庫）を最後に静かに繙いてみる。これは、いかにも天童荒太らしい小説といっていい。主人公は全国を放浪している静人《しずと》という青年だ。彼は人が亡くなった場所を訪れては悼むことを自分に課し、そのストイックな旅を続けている。

まわりにいるのは、善意を信じようとしない週刊誌記者の蒔野《まきの》。静人には何か他の目的があるのではないかと疑い、付け狙うのである。さらに夫殺しの罪で服役し、出所したばかりの倖世《ゆきよ》、末期癌におかされた静人の母巡子《じゅんこ》、別れた恋人の子を生むことを決心した静人の妹美汐《みしお》――こういう人物を配して、人の死に際して私たちにはたして何が出来るのかを掘り下げていく。

結局、私たちに出来るのは、死者を忘れないこと、いつまでも覚えていること。それしかない。その普遍的な真実を天童荒太は鮮やかに描いている。

父のことも母のことも、そして姉のことも、自分が生きているかぎり私は絶対に忘れない。仲のいい兄弟ではなかったものの、それでも兄が亡くなったら、兄と楽しく過ごした幼い日々のことを私は何度も思い返すに違いない。生きている者に出来るのはそれしかないのだ。

そして私が死んだら、長男と次男は、私のことをいつまでも覚えていてくれるだろうか。街を歩いているときにひょっこり思い出す程度でもいい。時折、思い返してくれたら嬉しい。そう考えるだけで、なんだかむくむくと力がわいてくる。

お前も淋しくないか

正月休みに押し入れの中を整理していたら、古い写真がどっと出てきた。長男が生まれたころの写真はきちんとアルバムに貼ってあるが、次男が生まれてからはあらゆることに忙しかったのだろう、写真は撮ってもアルバムに貼らないままだったのだ。そういう写真が大量に出てきた。

それを一枚ずつ見ているだけで飽きない。忘れていたことをどんどん思い出す。その中に、以前住んでいた家の玄関で、カミさんが愛犬を抱いている写真があった。

我が家の愛犬ジャックはまだ子犬で、はちきれんばかりに元気な様子が写真からも伝わってくる。十七年前の写真だ。ということは、ジャックの横にいる長男が小学四年生、次男が小学一年生のときである。

ジャックは長男が友達の家から貰ってきた犬だ。踏切際に捨てられていた犬を、自分の家で飼うつもりで長男の友達が拾ってきたら親から反対され、その日中に飼い主が見つからない場合は保健所に引き渡すと言われたときに、たまたま遊びにいった長男が貰ってきたのだ。もともと次男が小学校に進学したら犬を飼うつもりであったので、ジャックはたちまち我が家の愛犬となった。

おそらく雑種だとは思うが真っ黒な犬で、夜になると目だけが光っているので怖い印象を与えたが、実は気の弱い犬である。踏切に捨てられていたことをずっと覚えているのか、踏切にはけっして近づかなかった。無理やり近づこうとすると、綱を引っ張って思い切り抵抗するから、わかったよとこちらが諦めたくらいである。

夏休みなどに家族旅行に出かけるときは、その世話を隣家の人に頼んでいくのだが、あまりに静かなので不審に思った隣家の人が覗くと、ジャックは犬小屋の隅に体をくっつけて、ぶるぶると震えていたという。誰もいないと不安なのである。あるいは踏切に捨てられたときの心細さをずっと覚えているのかもしれない。

ようするに、番犬にならない臆病な犬なのである。それでも私たち家族の、間違いなく中心にいた。ジャックと一緒に私たちは歳月を重ねてきた。

村山由佳《むらやまゆか》『ダブルファンタジー』（文春文庫）は、三十五歳の女性脚本家の男遍歴、性の彷徨を描く長篇で、この作者の新境地といっていいが（この脚本家は、自分の性欲の強さを肯定するヒロインなのである）、その評価とは別の話を書く。物語に全然関係なく三毛猫の環が登場するのだ。環《たまき》はヒロイン奈津《なつ》の飼い猫だが、たとえばこんなくだりがある。

「猫というものはつくづく人間とは別の世界を生きている動物だが、これまで奈津が飼ってきた中でも、環が最も猫らしい。偏屈で、気まぐれで、身勝手で、けれど情愛に満ちていて」

「ことに、飼い主のコンディションにはあきれるほど敏感だった。体が弱っている時には、少し離れて見守る。心が落ちこんでいれば、静かにそばに寄り添う」

「奈津はときどき、まじめに勘ぐってしまうことがあった。もしやこの猫は、こちらの潜在意識に感応する能力があるのではないか」

私はどちらかといえば犬派なのだが、こういうくだりを読むと、猫も悪くないなと思ってしまう。人と動物の繫がりは、たとえばここにもある。重松清『サンタ・エクスプレス　季節風・冬』（文藝春秋）に収録の短篇「ネコはコタツで」だ。

話を簡単に紹介すると、父親が亡くなって、故郷で一人暮らしをしている母親のことが直紀《なおき》は心配だ。父が元気なころは毎年送ってきた餅も、今年は母一人になってしまったから、もう送ってこないだろう。一人で餅はつけない。ところがその餅が暮れに届き、しかもその餅が父が作った餅よりも一回り小さいことに気づいた直紀は、無性に母に会いたくなって故郷に急ぐ。

ここまでに動物はいっさい出てこない。登場するのはラストだ。しかし、どういう繫がりかを書くとネタばらしになるので、これ以上は書かないでおく。


元気な子犬だったジャックも、十七年もたつとそれなりに年老いる。特にこの一〜二年の衰えは顕著だ。最近では一日中寝ているのだ。滅多なことでは起きない。

数年前までは、深夜に私が帰宅すると、遠くからそれがわかるのか玄関のドアを開ける前から尻尾を振っていた。

子供が幼いときならともかく、大きくなると息子たちは父親が帰宅したからといって起きだしてもこない。カミさんももちろん寝ているし、歓迎してくれるのはジャックだけだ。

当時住んでいた家の前は小高い丘になっていて、犬が駆け回るにはちょうどいいフィールドになっている。そこで深夜に帰宅するたびに、ジャックをそこに放し、しばらく駆けさせるのだが、愛犬が深夜に私を歓迎していたのはそれが気にいっていただけなのかもしれない。

現在の家に引っ越したころから老化が極端に進み、いまでは誰が訪ねてきてもまったく起きず、玄関先でぐっすりと眠っている。

長男は就職と同時に家を出て自活しているし、大学生の次男はほとんど家にいない。で、玄関先でジャックがひたすら眠っているのだ。それが最近の我が家の光景である。ようするに静かだ。ジャックが元気だったころは、テレビの音や子供らの声、そして犬の鳴き声など、賑やかなものだったが、そういう喧騒はどこかに消えて、いまはひたすら静かなのである。

家族がばらばらになっているとはいっても、喧嘩しているわけでもなく、それぞれが元気でやっている結果にすぎないから、それはそれで幸せなことなのだろう。

時折実家に帰ってくる長男は仕事が面白そうだし、バックパッカーの魅力に憑かれた次男は旅行費用をためるアルバイトに忙しそうだ。いつまでも家族が寄り添っているほうがヘンなのである。それぞれの道を歩み始めるのは当然のことなのである。

それはわかっている。十分に承知している。しかしなんだかなあという思いは禁じえない。私の中では、長男と次男はいまでも幼い。帰宅する私を待ち構えたように飛び掛かってくる光景がいまでも忘れられないのだ。成長すれば親のもとを離れていくのは当然のことで、そうでなければ困るのだが、それでもそうなってしまったことの淋しさもまた存在するのである。

腹が減ったときだけワンワンと吠えて催促するジャックを見ながら、な、お前も淋しくないかと声をかけているのである。

禁煙した日

私には友達が少ない。つるむ相手はいる。たとえば仕事仲間、あるいは趣味仲間。そういう相手はいるが、それがはたして真の友達と言えるかどうか。というのは、いまの仕事をやめてしまえば仕事仲間とは会わなくなるだろうし、趣味から離れれば（具体的に言えば競馬だけど）、趣味仲間とも会わなくなるだろう。これでは友達がいる、とは大声で言いにくい。

いちばん長く付き合ったのは大学のサークル仲間で、卒業してからも三十代まではしょっちゅう会っていた。しかし四十代以降はそうやって会うこともなくなってしまった。小学校中学校時代の同級生とはもっと前に会わなくなっている。

高校時代の同級生とはいまでも時折会っているが、これが数少ない例外だろう。仮にM君としておく。彼は某大学で教鞭を取っているが、年に一度は必ず会う。高校を卒業してからもう四十年以上たっているのに、いまでも会う。

何を話すというわけではない。いまさら特に話すこともない。互いの仕事も違うから、そういう話題もない。子供が幾つになったとか結婚したとか、そういう類《たぐい》のことをぼそぼそと言い合うだけだ。若いときのようにもう議論もしないし、熱くもならない。それでも酒は美味しいのである。彼と静かに杯を傾ける夜は、なんだか落ちつくのである。

癌になったから明日から入院する、という電話が彼からかかってきたのは昨年の二月だ。電話の向こうでは彼が酔っぱらっている様子だ。明日から入院なのに飲んでていいのかよ、と言うと、検査は三日後だ、だから飲んでもいいんだと彼は言う。

M君と知り合ったのは高校二年のときだ。私は十七歳、彼は十八歳だった。なぜ彼がひとつ年上なのかというと、M君は落第して、私たちの学年に落ちてきた生徒だった。

柔道部の活動に身を入れすぎて出席日数が足りずに落第した、とそのときは聞いた。ずっと後年、親しくなってから、教師を殴った責任を取らされた、と本人から聞いた。それも本人の弁によると、殴ってない、ちょっと押しただけなんだ、ということだが、何が真相なのかはわからない。

とにかく、M君からすると落第した人間であるから優等生でいようという気持ちがあったらしく、そのころいちばん目立っていた私を呼び出して注意したのである。その前日、クラスの女の子とデートして、夜八時前には送っていったのに、「遅くまで女の子を連れ回すものではない」と説教するのだ。イヤなやつだなと思った。それに前日のことなのに、なんでこいつがもう知っているのか、とても不思議だった。

というのが最初のきっかけだったので、高校時代は悪い印象しか持っていなかった。親しくなったのは大学三年の秋だ。久しぶりに高校の文化祭を見に行くと、母校の校門のところでM君とばったり会い、飲みに行くことになった。で、飲んで話したら、まあ気が合うこと。私の大学とM君の大学が道をはさんで向かい合っていたという事情もあり、それから卒業まではほぼ毎日会っていた。

彼は体育系のサークルに入っていて、私は文科系のサークルだから、接点はないのだが、二人とも小説が好きで、二人で古本屋をまわり、酒を飲み、話はつきることがなかった。

彼の部屋を溜まり場にするまでそれほどの時間はかからなかった。M君の家が母校の近くにあり、彼の部屋が外から直接入れるということもあり、私がM君の部屋にたむろしているらしいと聞きつけた高校時代の同級生たちがやがて一人二人とやってきて、ほぼ毎日クラス会である。

他の大学に通っているやつは「つまんねえよな大学なんて」と言い、就職している女の子は会社の愚痴をこぼした。

約束しているわけではないから、その日誰が来るかは行ってみなければわからない。出欠自由のクラス会といっていい。

高校時代は同級生たちとろくに話もしなかったので、なんだいみんないいやつじゃないかと、その遅すぎたクラス会はちょっとした発見の日々でもあった。

自分がまだ何者かも知らず、将来の夢もおそれもなかった。いや、自分には無限の可能性があるけれど、何者にもなれないのではないかという気がした。だから将来のことなど、あまり考えたくなかった。それよりも、M君の部屋に今日誰がいるのか、ということのほうが重要だった。

将来のことなど考えたくない、というのはその年齢によくあることらしい。三浦《みうら》しをん『神去《かむさり》なあなあ日常』（徳間文庫）の主人公、平野《ひらの》勇気《ゆうき》もそう考えていた。

高校を出たら適当にフリーターで食っていこうと彼が考えていたのは、勉強が好きではないので大学には行きたくなかったし、ちゃんとした会社に就職するのも気が進まなかったからだ。この若さで人生決まっちゃうのかよと暗い気持ちになるのだ。

だから高校の卒業式までだらだら過ごしていたら、式が終わって教室に戻った途端、担任教師が「就職先を決めてきてやったぞ」と言うので啞然。は？ なに言ってるのこいつ。林業に就業することを前提に国が助成金を出す制度があり、そこに親と相談した担任が、勝手に応募していたらしい。

あれよあれよという間に、山奥の村に連れていかれ、そうすると若者がただでさえ少ない村に、しかも林業の後継者志望が現れたと歓迎してくれるから、いやだ、とは言いにくい。

というわけで山村の生活が始まっていくことになるが、知らない話が多いので実に面白い。しかしそれは読んでもらうことにして、ここでは平野勇気が地元の友達にメールを打っても、反応が鈍いことに留意しておきたい。

ようするにそれだけの友だったということになるが、しかし山仕事を通して、いろいろな個性的な先輩と知り合うから、平野勇気の前途は明るい。おそらくこういう密接な繋がりの中から真の友達は生まれるはずだから。

たとえば、R・J・エロリー『静かなる天使の叫び』（佐々田雅子《ささだまさこ》訳／集英社文庫）に出てくるポール・ヘネシーのような友達を、平野勇気もまた持つに違いない。この主人公ジョゼフ・ヴォーンが殺人容疑で逮捕され、終身刑に服しているときも、ポール・ヘネシーは一貫して彼の無実を信じて奔走するのである。

こちらは膨大な書なので、色彩感豊かなミステリの傑作だということだけ記して、内容紹介は省きたい。こういう友が一人いればそれで十分だという気がする。

あるいは、下川博《しもかわひろし》『弩《ど》』（講談社文庫）の主人公吾輔《ごすけ》にとっての義平太《ぎへいた》もそういう存在かもしれない。

こちらは彗星のように現れた時代小説界の大型新人のデビュー作で、読み始めるとやめられないが、村の特産である渋柿を輸出して塩と交換できないかと考える吾輔に、道筋を教えてくれる得難い友人として義平太は登場する。しかも最後には悪党たちに狙われた村を守るために戦いもするのである。

こういう友が一人でもいればいい――息子たちを見ていていつも思うのはそういうことだ。みんなから愛されて欲しいけれど、一人でもいい。君をどんなときでも助けてくれる友を持て。

あれからM君は二か月置きに病院に通い検査を続けている。転移さえしなければ大丈夫らしい。先日会ったら、お前が禁煙を破らなければ大丈夫だよ、と彼は笑っていた。

オレが転移しないようにお前は禁煙しろとM君が言いだして、その約束をあれ以来、私はずっと守っている。

犬は家族の記憶である

金曜午後の新幹線で大阪入りするため、その日の朝、旅の準備をしていた。忘れ物がないようにチェックしていると、庭のほうからカミさんの声がした。ちょっと来てくれというのだ。えっ、どうしたの？

我が家の愛犬ジャックが庭の隅に植えられた木々の奥に入って、そこから一歩も動けなくなっていたのである。この夏、急に老け込んだ愛犬は、もう散歩も出来なくなったので、朝と夕方、庭に出してやるのだ。そうすると、よたよた歩いてそのへんで小便をして戻ってくる。その日もそうしていたら、木々の奥に入って出られなくなったものと思われる。

仕方ねえなあと、そこから出そうとすると、うーっうーっと声を出す。唸っているというよりも、なんだか余命いくばくもないような頼りない声だ。心細い声だ。そんな声を出したことのない犬だから、心配になる。

お医者さんに行ってくるとカミさんが言うので、愛犬を箱に入れ、車に乗せる。早く家を出て、東京駅近辺でゆっくりコーヒーでも飲んでから大阪入りしようと思っていたのだが、こうなるとカミさんと愛犬が医者から帰ってくるまで待たねばならない。ジャックは十七歳になる。人間で言えば百歳を超えているだろう。

それでも今年の春までは元気だった。食欲は旺盛で、夕方五時になるときちんと吠えて食事を要求し、食べおえるとまた吠えて散歩を要求する。私たちの住んでいるのは坂の多い町なのだが、急坂も平気で、毎日ずんずん登ったり降りたりするのである。

突然ガタがきたのは夏の始めからだ。食欲がなくなって、残すようになった。散歩に出かけようとしても、家の前の坂を登れない。数歩いくと立ち止まり、そうなると一歩も動かない。一日中、じっと寝たままで、家族が近づいても首をあげられないことすらある。そうか、百歳では仕方ないか。

医者から戻ったカミさんに聞いてみると、あと数日でしょうと言われたという。点滴を打ってもらって、ずいぶん顔色はよくなったものの、箱の中に寝たままの愛犬はじっとこちらを見ている。

なんだか家を出にくいが、新幹線の時間も迫っているので、もう出発しなければならない。あと数日の命なら、私が帰京するときにはもう彼の命は亡くなっているかもしれない。そうか、これがお別れになるかも。

息子たちが中学高校に進むと、自分たちの遊びに夢中になり、愛犬をかまわないようになる。幼いときは私が帰宅するときにはその音を聞きつけて奥のほうから弾丸のように駆けてきたのに、そのころになると、父親が帰宅したからといって彼らは自分たちの部屋から出てこない。

そういうとき、いつも愛犬ジャックだけは暖かく迎えてくれた。そのころは坂道の上に住んでいたのだが、私が坂をあがっていくとその足音でわかるのか匂いでわかるのか、もう尻尾を振っているのだ。で、玄関の扉を開けると、幼いときの息子らのように弾丸になって飛びついてくる。家の前が小高い丘になっていたので、綱を放してやると、彼はしばらくその丘を駆け回る。戻ってくるまで待ってやるのが、私とジャックの密かな日課だった。

現在の家に引っ越してからはジャックも年老いてしまったので、私が帰ったところで、もう飛び起きてはこなくなった。ぐたっと寝そべったまま、目をちらりと開けて私を確認すると、ふーんという表情をするだけでまた寝てしまうが、しかし彼が元気だったころ、私に飛びついてきたことを、私は忘れない。


安達千夏《あだちちか》『ちりかんすずらん』（祥伝社文庫）は、父がコロンビア人女性と出奔し、残された母と父の母、そして娘の女三人が一緒に暮らす日々を丁寧に描く連作集だ。その中に「ちいさなかぶ」という短篇がある。ジャックラッセルテリアの血を継ぐ雑種犬が、三人家族に迷い込んでくるという短篇である。白く短い毛に茶のぶちが幾つか入っていて、背中にあるぶちが野菜のカブにそっくりのかたちなので、カブと名付けられるのだが、この犬が迷い込んできたおかげで、家族が華やぐ展開を見られたい。どんな犬も、こうして人の心を暖かくするのである。

とまあ、このように犬と家族は密接に繋がっている。犬が元気なうちは家族もみんな若く、犬が年老いたころには家族はばらばらになっている、というケースが少なくない。つまり犬は家族の記憶なのだ。

帰京して家の玄関を開けたとき、もうジャックの姿はないものと覚悟していたが、彼はひっそりと横たわり、静かに呼吸をしていた。いずれ死は訪れるだろう。しかし苦しまずに安らかに眠れ。彼の体を何度も撫でながら、そう思うのであった。

家族であることの意味

姉の一周忌の連絡が甥からきて、その電話を切ったあと、どうして当日のこちらの出席人数を甥は聞かないのかと思った。墓参りしたあとで全員で会食するわけだから、その店へ予約する際に人数を申告しなければならない。そのためには、どこの家が何人と、出席人数を把握しておく必要がある。甥は三十歳すぎの社会人とはいえ、そういう段取りがいいほうではないので、少し心配になる。待てよ、あいつ、会食の会場の予約をしてないんじゃないだろうな。当日探したって予約なしで十数人入れる店はあのあたりにはないぞ。

そのことをカミさんに言うと、うちは二人だってわかってるんでしょ、とカミさんは言う。えっ、長男も次男も行かないのか。いや、別にそれでもいいんだけど。

それから数日して、次男も出席することになったとカミさんが言う。おそらく私の感情が顔に出て、それが気になり、あなたも行くかと次男に尋ねたのだと思われる。

私も最初から、長男は無理だろうと思っていた。日曜祭日も関係なく仕事をしている身なのである。それなのに伯母の一周忌に呼び出すのは、可哀相だ。それに比べれば、次男は学生の身で時間はたっぷりあるはずで、その次男がどうして出席しないのかという疑問が、たぶん顔に出てしまったのだろう。

で、当日出席するのは三人と連絡して数日したら、またまた変更で、長男も行くことになったと言う。どういうことかというと、おにいちゃんは来るの、と次男が尋ねたというのである。で、一周忌のことは話してないとカミさんが言うと、次男は次のように言ったというのだ。

「だめだよ、そういうことはきちんと連絡しなくちゃ。家族なんだから」

そんなわけで長男に連絡したら、たまたまその日は仕事が入ってなくて、結局、長男も出席することになったというわけである。

その話を聞いて、私は途端に次男が小学生のときのことを思い出してしまった。

私がずっと仕事場に泊まり込んで自宅に帰るのは日曜の夜のみという日々を送っていたころの話だが、その人のいちばん大切なものをあえて壊す番組をテレビでやっていたらしい。おそらく何かの番組のひとつのコーナーだろう。

それを一緒に観たあと、カミさんが小学生の次男に尋ねたというのだ。あなたのいちばん大切なものは何、と。すると、幼い次男はしばらくしてから、小さな声で、「家族」と答えたという。

ほとんど帰宅しない父親であるから、大切なものは家族であると私が教えたわけではない。そんなことを言えた義理ではない。いや、滅多に父親が在宅しない家に育ったからこそ、そういう発言をしたのかもしれないが、幼い彼の体に渦巻いていた感情は、いまもなお根づいているということなのだろうか。

如月《きさらぎ》かずさ『サナギの見る夢』（講談社）は、卒業パーティで上映するための映画作りに取り組む小学六年生の日々を描くヤングアダルト小説だ。

その映画の台本を書いているワタルが、母親の再婚相手である桜井《さくらい》さんの作ったカレーを食べる場面に留意したい。それは一口食べただけで食欲がなくなってしまうほど辛いカレーなのだが、「ワタル、カレーからくない？」と母親に尋ねられても、この少年は「むしろこのくらいからいほうがおいしいかも」と言うのだ。そのときのワタルの述懐を引く。

「ここでぼくが浮かない顔をしていたら、きっと母さんは楽しくないだろう。それでは駄目だ。多少口に合わなくても、おいしそうなふりをしていないと」

つまり、そのときのワタルは無理をしていたわけだ。平穏無事な家族であるための無理といっていい。もちろん、そういう無理が続くわけがない。

本書は、映画を作る小学生たちの日々を描く物語であるけれど、同時に、ワタルが本当の家族を持つまでの物語でもある。

もしも桜井さんが母の再婚相手でなかったら、つまり家族候補でなかったら、ワタルと桜井さんはもっと早くから打ち解けていたに違いない。家族になると思うから、ぎくしゃくする。家族であることはこのように面倒であることが少なくない。

たとえば、トロイ・クック『州知事戦線異状あり！』（高澤《たかざわ》真弓《まゆみ》訳／創元推理文庫）もそんなケースだ。この主人公ジョン・ブラックは、母親が上院議員、姉がロサンゼルス市長だが、本人は大の政治嫌い。職業は私立探偵だ。

ところが否応なく巻き込まれていく。というのは、総勢百二十三人が立候補したカリフォルニア州知事選の有力候補が相次いで死亡するからだ。悪賢い候補が対立候補を抹殺するために殺し屋を雇ったのである。立候補しているジョンの姉もまた狙われていることを知り、かくてそのボディガードに立ち上がることになる。

家族でなくてもそれが仕事ならガードすることもあり得るだろうが、後半の展開は家族ならではだ。ネタばらしになるのでその展開とは何なのか、それについては書けないが、自分の望まないことをしなければならないのは、彼の母親と姉が政治家で、ジョンはその家族だからにほかならない。ホント、面倒なのである。

もちろん、楽しいこともある。家族ならではの繋がりもある。それが、喜多由布子《きたゆうこ》『秋から、はじまる』（文藝春秋）だ。

こちらは伯母（父の姉）律子《りつこ》と、姪の樹里《じゅり》の交友を描く長篇である。若いときに独立し、今ではストッキングを中心にした輸入卸販売会社の社長（社員は十人）になっている四十七歳の律子は、仕事一筋に生きてきた。その伯母が恋をしたと告白するところから、この長篇は幕を開ける。その恋の相手が年下のシェフ。心配する樹里はいろいろと画策して——という展開になっていくが、前向きに生きることの大切さをしみじみと感じさせる小説といっていい。細かなことは省くけれど、読み終えると元気の出てくる小説なのである。

しかしここでは、律子と樹里の関係に絞って考えたい。

樹里が、忙しい律子のために家事代行のアルバイトをしているのは、伯母姪の関係だからである。勤めていた印刷会社が倒産して以来、家業である歯科医院の夜間受け付けを週に三度手伝うだけの樹里にとって、日給一万円の家事代行バイトは大きい。もしも律子がまったく関係のない他人であったら、こんなアルバイトをさせてくれなかったに違いない。

ラスト近くの律子の次の述懐に留意。彼女はこう言うのだ。

「可愛かった。可愛がるだけじゃダメだとわかっていても、ジュジュがよろこぶことはなんでもしたかったよ。あんたの笑顔がわたしをいつも支えてくれたんだ」

これまで結婚せず、子も作らなかった律子にとって樹里はわが子同様の存在だったのである。もっとも、このとき律子がこう言うのは、自分が猫かわいがりしたために、樹里が大人になるのが遅かったのではないかという反省があるためだ。めちゃくちゃ甘やかしてきたという反省だが、樹里にしてみると、そんなに甘やかされた記憶がない。悪いことをしたら叱られたし、律子の会社に入社したいという願いも退けられた。そんなに甘やかされたかなあと彼女は思っている。どちらにしても、伯母と姪という親戚の色濃い繋がりが、彼女たちの間にある。他人同士では絶対にあり得ない関係だ。

家族であることの意味は、どこかでいつか、必ず現れる。それまでの間は、無理に探すこともない。ごく自然に、ありのまま日々を送っていればいい。

そう思いながら当日の朝、遅刻してきた長男を、いらいらしながら待ち続けたのである。

さまざまな旅

初めて関西へ営業に行ったのは三十代の半ばだった。友人と始めた雑誌はなかなか売れなかったが、四谷三丁目に事務所を借りたことだし、関西圏への売り込みにも力を入れようということになったのである。

名古屋、京都、大阪、神戸の四都市を営業してまわってくる仕事旅であった。雑誌を創刊して四年目だ。事務所を借りたとはいっても、その家賃と新たに雇った事務員の給料を払うとそれでおしまい。私の給料はゼロの時代である。往復の交通費とビジネスホテルの宿泊代は会社が払ってくれるが、贅沢は出来ない。

昼間の営業が終わるとどこかで安い晩飯を食べてそのままホテルに戻って早めに就寝するという二泊三日の強行軍だった。

営業旅なのだから、本来なら書店の人を誘って顔つなぎも兼ねて飲みに行くとか、そういう夜の活動をするものだが、その予算もなく、創刊間もない雑誌社なので懇意の人もおらず、夜はまったくの暇。今でも覚えているのは、京都の書店で購入した現地の大学生たちの同人誌を、その夜ビジネスホテルの一室で読んでいたら、あまりにおかしく、笑いをこらえるのに懸命だったことだ。大学対抗50ccのオートバイによる京都市内駅伝競争というのがその号の特集で、保存しておけばよかったといまでは後悔している。このレポーターのセンスが抜群だったのである。こんなに軽妙洒脱な文章を書ける人が関西の大学にはいるのだ、と感動した記憶が鮮やかだ。

いまから三十年ほど前のことだが、その関西営業旅で覚えているのはそれだけだ。だいたい旅そのものが好きではないのだ。出来れば旅になんて行きたくない。雑誌社を経営していたころ、営業に出たのはその関西と、九州まで行ったときの二回だけだ。二人目の社員が入ってきてからは、営業職を彼に譲ったので、地方に行くのは彼の役目になった。

はらだみずき『赤いカンナではじまる』（祥伝社）の中に、「美しい丘」という短篇が収録されている。主人公は出版営業の作本龍太郎《さくもとりゅうたろう》。このサクモトくんがさまざまなところで出会う人々のドラマを描いて、なかなか読ませる作品集になっているが、それはともかく、会社の忘年会の席で同僚のサカモトくんが「出張のいいところは、何といっても会社のお金で、知らない土地へ旅することができることです」と発言し、大いに顰蹙《ひんしゅく》を買う挿話が出てくる。旅が好きな人ならばそれも本音だろうが、しかし苦手な人にとっては残念ながら共感できない。

子が生まれてから彼らが大きくなるまで毎年家族旅行に出かけたが、いつも早く帰りたいと思っていた。それは家族への愛とは別の話である。家族が嫌いだから帰りたいわけではない。一緒にはいたいのだ。ただし、見知らぬ土地ではなく、熟知したところにいたいのである。

息子らが大きくなると家族旅行にはまったく行かなくなって、そうなると淋しいなあと思うこともあるが、だからといってみんなで旅に出たいとは思わない。行かなくなったことは淋しいが、それとこれとは別の話なのだ。

現在の私は、旅に出るのは競馬のときだけだ。札幌、福島、名古屋、大阪、京都、阪神と、競馬場のある街しかこの十年、私は行ったことがない。しかもそれも、競馬を楽しむために仕方なく出かけるのである。自慢じゃないが私、出発直前はいつも「面倒くせえなあ」と思っている。現地に着いてしまえば予想や馬券購入に忙しく、他のことを考える暇もないが、出発前はなんだかなあと思うのである。やめちゃおうかと思うことも何度もある。

なぜ旅が苦手なのかといえば、落ち着かないからである。たとえば旅先の書店で欲しい本を見つけてもそこで購入すれば荷物になるから我慢しなければならない。そうやって行動が制限されるのがイヤだ。先月京都に行ったときはガラスに映る自分の姿がなんだか暗く、四条河原町の高島屋に飛び込んで明るい色のパーカーを買ったが、このときも荷物が増えて困ってしまった。

もっとも旅とはいっても、仕事旅と趣味の旅以外に、さまざまな旅がある。たとえば乃南《のなみ》アサ『ニサッタ、ニサッタ』（講談社文庫）に出てくる杏菜《あんな》という少女は沖縄から東京にやってきて、後半は北海道まで行く。それは新聞販売店で知り合った耕平が網走に帰ったからだ。

その話をする前に、この長篇の内容を簡単に紹介しておくと、主人公は片貝耕平《かたがいこうへい》。新卒で入った会社を簡単に辞め、次に勤めた会社が倒産し、仕方なく彼は派遣で働くことになる。

カッコいい仕事をしたいとか、楽な仕事をしたいとか、とにかく甘い考えしかない青年で、派遣で働いていた会社もしくじり、アパートの更新料も払えず、とうとうインターネットカフェ暮らし。軽い気持ちでサラ金に手を出すとあっという間に借金は六十万。その矢のような催促に音をあげているときに新聞販売店に住み込む代わりに借金を肩代わりしてくれるという話が舞い込み、今度こそ心を入れ換えて新聞配達の仕事をすることになる。

その新聞販売店に住み込みでやってきたのが杏菜なのだ。物語のちょうど半分のところで耕平は郷里の網走に帰ることになると、あとから杏菜が訪ねてくる。で、彼女はその街で働くことになる。

杏菜がなぜ沖縄から東京まで旅してきたのか、そして網走までやってきたのか、その真意は最後に明かされる。もしかするとオレに気があるのかも、と耕平くんは甘いことを考えていたのだが、杏菜がかかえていた事情を知って、耕平くんも私たちも胸を熱くするのは必至。好きとか嫌いとかいう範囲におさまらない旅があることを知るのである。

最後に繙くのは、森田《もりた》一哉《かずや》『乳豚《にゅうとん》ロック』（小学館文庫）。これはロンドンを舞台にした小説である。主人公は日本人の均《ひとし》。四十歳だが、身分は学生だ。語学留学生というやつで、ヴィザを取るために授業料が年に五百ポンドというお手頃価格の語学学校に籍を置いている。「ええ歳こいて定職にも就かんとぶらぶらしとる」のは、ロックがめちゃくちゃ好きで、グラム・ロックの聖地ロンドンにいたいからである。安アパートに住み、アルバイトで食いつないでいる。

そのロンドンの日々を描く長篇で、漢字Tシャツが売れたりするディテールがなかなか面白い。

これも旅のひとつの形態だろう。流れ流れて、ロンドンに行き着く旅だ。しかしこの均にどんな親がいるのか、小説には描かれていないのでわからないが、親としては淋しいと思う。同じ日本に住んでいるのならともかく、ロンドンではなかなか会うことも出来ない。

そうか。姉からかかってきた電話を突然思い出す。ゴールデンウィークには実家に顔を見せるだろうと待っていたのに、帰ってこなかったのでお父さんが淋しそうにしていたわよ、と姉が言った。父が亡くなった年のことである。まだ入院する前、元気だったころのことだ。その年の正月休みにも帰らず、五月の連休にも私は実家に帰らなかったのだ。まだ息子らが小さく、忙しく飛び回っていたころのことで、その孫たちにも会いたかっただろう。

実家まで二時間もかからないところに住んでいるというのに、私はその年、滅多に実家に顔を出さなかった。それではロンドンにいるのと同じである。

これでは私の息子たちが実家に帰らないようになっても、何を言う資格もない。因果はめぐるのである。そのとき私は、父親の淋しさを知るに違いない。そうか、そうだよなと一人で納得しているのである。

犬を飼うこと

二〇〇九年の十月から一巻ずつ刊行されていた谷口ジロー選集（小学館）が、十二月に全三巻で完結した。『犬を飼うと12の短編』『ブランカ』『神の犬』の三巻である。すべて犬コミックだ。犬好きにはこたえられない三冊といっていい。

その第一回配本の『犬を飼うと12の短編』は、名作「犬を飼う」をおさめたもので、何度読んでも泣けてくる。今回は特に、我が家の愛犬ジャックがこの秋に死んだばかりなので、心穏やかに読めない。これは我が家の愛犬のことを描いたのではないかと錯覚してしまうからだ。

「犬を飼う」は老犬タムが死ぬまでの話である。歩くのが心もとなくなり、おすわりさせても踏ん張れず、ついには寝たきりになり、最後は食べ物も受け付けず、骨と皮だけになって死んでいく老犬の姿を、克明に、淡々と、描いていく。

この名作コミックに日本中の愛犬家が納得するのは、これが「犬を飼うということ」だからである。子犬のころは可愛いし、弾丸のように飛び込んできたりもするけれど、生き物はいつか必ず年老いる。その最後の姿まできちんと見届けることこそ、「犬を飼う」ことなのだ。その真実がここに描かれているからこそ、読者の胸を打つのだと思う。

我が家の愛犬ジャックも、最後は寝たきりになり、犬用のおむつをつけて横になった。そのころは顔を起こすことも出来ないので口元まで持っていかないと食べ物も食べられない。水もスポイトに吸い上げて口に直接流し込んだ。

そうやって横になって二週間、ジャックは生きた。最後の日のことをまだ覚えている。いつものように口元に持っていっても口を開こうとしないのである。食欲がなくなっているのだ。死んだのはその翌日である。食欲があるうちはまだいい、とよく言うが、本当にそうだ。

その最後の日は私の姉の一周忌で、都心で一人暮らしをしている長男が久々に帰ってきた日だった。ジャックを友人の家から貰ってきたのは小学生だった長男で、ずっと可愛がっていたから、短い一時とはいえ、一緒に過ごすことが出来て、よかったと思う。

おそらく長男も次男も、ジャックとともに過ごした日々を忘れないだろう。そういう記憶の中に家族の日々はある。

もっとも動物と暮らす日々は楽しい日々だけではない。メグ・ガーディナー『チャイナ・レイク』(山西美都紀《やまにしみづき》訳/ハヤカワ・ミステリ文庫)は、六歳の甥を守るために狂信者集団と戦う女性弁護士の活躍を描いたもので、二〇〇九年のアメリカ探偵作家クラブ最優秀ペイパーバック賞を受賞した長篇だが、この長篇の中ほどに、狂犬病が出てくる。それは彼らの責任ではないのだが、そういう自然界の病原体を運ぶ役割をはたす場合もあったりする。だから、動物と暮らすことに何の不安も心配もないわけではない。

たとえば知人の例だが、散歩している途中で近所の老人にばったり会い、その人が座り込んで頭を撫でようとしたら急に犬が動きだして、老人が後ろにひっくりかえって怪我をしたことがある。

犬に悪意はない。いつもなら黙って頭を撫でられているところである。ところがそのとき、牝犬が近くを通りかかり、ついそちらのほうに動いてしまっただけだ。しかしその犬が大型犬で、老人の姿勢も中途半端だったので、ひっくりかえり、間が悪いことに頭を強打してしまった。

誰が悪いわけでもないのだが、結局知人は慰謝料を払うことになってしまった。犬の散歩に出かけなければ、大金を払うこともなかったわけだが、動物と暮らすということは、やや特殊な例とはいえ、そういう「危険」と背中合わせでもあるということだ。

私が子供のころは全体的にのんびりしていて、昼間は飼い犬を繋いでいても、夜は自由というケースのほうが多かった。あれは私の近所だけのことだったのか、それともそういう時代だったのか、よくわからないが、朝になってみると必ず飼い犬は犬小屋にいたりする。一晩中駆け回って疲れるからなのか、昼間はおとなしく犬小屋の中にいるのだ。その代わり、人間が綱を引いて散歩することがなかった。ようするに一晩中フリー散歩だから、それ以外にする必要がない。

あの時代、飼い犬たちの夜はとことん自由だった。今となっては信じられないことである。

犬の次は猫、猫の次は犬、と生家では交互に飼っていた。あまり幼いときのことは覚えていない。私が覚えているのは、私が中学生のときに姉が貰ってきた犬だ。

子犬のころは黒かったので、クロと私が名付けたが、大きくなると毛の色が薄くなり、最後は白に近い。だから友達が来ると恥ずかしかった。クロと呼ぶと白い犬が駆けてくるのだ。

クロは私が大学生のときに死んだ。先輩たちの下宿を泊まり歩いていたころなので、死に目には会えなかった。ある日帰宅するとクロの姿がなく、母親に聞くと、その前日に死んだという。生家のすぐ裏に空き地があり、紐をいっぱいに引っ張れば、そこの陽だまりで日光浴が出来るのだが、そうして陽を浴びてクロは息を引き取っていたという。

クロが元気なころは私も幼く、両親も若く、我が家がみんな元気だったころだ。笑いが耐えなかったころだ。その両親はいまは亡く、姉も亡く、兄とは法事のときしか会わなくなった今からすれば、信じられないほど家族が寄り添っていたころだ。そういう家族の蜜月の真ん中にクロはいる。

おそらく私の長男も次男も、将来ジャックを思い出すたびに、両親のことを思い出すに違いない。ただいまは街中で散歩中の犬を見るたびにジャックを思い出している。

長男も次男も同じ気持ちだろうか。

本を読むこと

門井慶喜《かどいよしのぶ》『おさがしの本は』（光文社文庫）は、図書館を舞台にした連作ミステリだ。主人公というか、狂言まわしは市立図書館の調査相談課で働く和久山隆彦《わくやまたかひこ》。本にまつわるさまざまな難問に、彼が直面するという連作集である。たとえば冒頭の「図書館ではお静かに」という短篇では、レポートの課題に困った女子大生がやってくるところから始まっていく。彼女は、「シンリン太郎」の本はどこにあるかと尋ねてくる。こういう学生は毎年やってくるので隆彦も慣れている。それは森林太郎《もりりんたろう》と読み、森鷗外の本名であることを告げるが、彼女が探しているのは『日本文学史』という本。森鷗外はそんな本を書いていないから、考えられるのは、あなたが先生の課題を書き写すときに間違えたことだと言うと、バッグからルーズリーフを取り出して差し出してくる。見るとそこには林森太郎《はやしもりたろう》『日本文学史』と書かれている。森林太郎ではなく、林森太郎だ。作者名を書き間違えるなら、作品名を書き間違えても不思議ではない。では、『日本文学史』は何を書き間違えたのか。というように、本探しが続いていく。つまり「日常の謎」ミステリーだ。

これを読んで思い出したのは、大学四年生の次男のところへ、市立図書館からよく督促状がくることだ。そのたびに注意して返却させるのだが、この子もついに本を読むようになったのかと感慨にふけると、必ずしもそうではなかったりするから油断できない。私たちの時代には想像も出来ないことだが、最近の図書館は音楽CDも貸し出しているようで、ほとんどはそのCDを借りてくるのである。

中学一年に上がったときから本を読むようになった長男に比べ、次男には読書の習慣がない。兄弟でどうしてこんなに違うのか考えると、ひとつのことしか思い当たらない。長男が幼いころ、寝る前に母親が必ず世界名作全集を読み聞かせていたことがあるのだ。ところが、次男のときは幼い二人をかかえて母親も忙しく、その読み聞かせをしなかったという経緯がある。つまり、まだ自意識が形成される前から物語の面白さを知った人間は、長じてからも本が好きになるのではないか。そんな気がする。幼いころに、そういうお話をまったく親から聞いてない私が本好き人間になったのだから、本当にそうかなという気はあるけれど、長男と次男の違いはそれしかない。

もっとも本を読む人間のすべてが素晴らしい人間とはとても思えないので（本好き人間にイヤなやつがいる比率は、一般社会にイヤなやつがいる比率とまったく同じである）、読まないなら読まないでかまわないと思ってきた。

長男が本を読むようになったとはいっても、好みの小説は異なるし、本について語り合ったこともこれまで一度もない。そういうのは、とても恥ずかしい。お互いがそれぞれ独自に読んでいればいい。ただ、○○の本持ってると尋ねられたときに、すっと渡すことが出来るのはいい。無言のキャッチボールという感じがする。全然無言じゃないんだけど、まあ気分としてはそんな感じである。

本好き人間にとって、本はとても切実なものだ。たとえば、ケイト・モートン『リヴァトン館』（栗原百代《くりはらももよ》訳／ランダムハウス講談社 ＲＨブックス・プラス）の中に、メイドのグレイスが村に行くくだりがある。そのときに彼女は、行商人の家へ寄り、手配を頼んでいたコナン・ドイルのシャーロック・ホームズのシリーズ第四作『恐怖の谷』を買い求める。グレイスにとって新刊本を買うのは初めてで、しかも代金を貯めるのに六か月もかかったのだ。だから、その本を手にしてとても嬉しい。そのくだりを引く。

「行商人の家では題名にまちがいがないと確かめただけで、本はほとんど見ていなかった。いまや表紙をとくとながめ、革装に指を走らせ、筆記体の背文字の凹《くぼ》みをなぞることができた。『恐怖の谷』。このスリリングなことばを自分にささやき、本を鼻へ持ちあげ、ページのインクのにおいを吸いこんだ。可能性のにおいだ」

本というものが彼女にとって特別の何かであることが、ここから伝わってくる。

『リヴァトン館』は、二十世紀初頭のイギリスを舞台に、貴族の館で起きた悲劇をメイドが語る「ゴシックふうサスペンス」で、そのゆったりとした語り口と味わいが特徴の長篇小説だが、メイドのグレイスが『恐怖の谷』に鼻を寄せるシーンは、この時代における本を象徴しているようで、とても鮮やかだ。

そして、切実でありながら同時に、本がもっと実用的である場合も少なくない。それが川西蘭《かわにしらん》『あねチャリ』（小学館）だ。

これは引きこもりの女子高校生が自転車競技の面白さに目覚め、やがては世界女子ケイリンの決勝のトラックに立つまでの長篇小説である。男子高校生がロードレースに挑む姿を描く自転車青春小説『セカンドウィンド』の著者が、今度は「日本初の女子ケイリン小説」を書いたのである。

オリンピック種目になった日本発祥のスポーツは、柔道とケイリンだけのようだが、残念なことに女子ケイリン（オリンピック以外にも世界選手権が行われている）は世界に水を開けられている。戦後すぐから一九六四年まで存在していた女子競輪が二〇一二年から復活するのも、全国的な機運を盛り上げて世界との差を埋めるためだろう。

この長篇の主人公早坂凛《はやさかりん》は、バレーボール部の選手だったが、怪我で断念。部もやめて高校にも行かなくなる。そんなヒロインがひょんなことから自転車競技の面白さにめざめ、元競輪選手瀧口《たきぐち》の指導のもとにケイリン選手として成長していく姿を、作者はじっくりきっちり、ディテール満点に描いていく。川西蘭はスポーツ小説の名手だけに、この手のものを書かせたら、うまいうまい。

この長篇の中ほどに、瀧口の指導を受けるために早坂凛が自宅を出るくだりがある。ジーンズとシャツ、ヘルメット、工具などをショルダーバッグに詰めていくのだが、最後に本棚から二冊、本を抜き出してバッグに入れる。それがキャロル『不思議の国のアリス』と、エンデ『モモ』。

どちらも挿絵入りのハードカバーだ。そのくだりから引く。

「二冊は凛にとってお守りのような本だ。これまでの人生に必要だったことの大半を学んだ。部屋に置き去りにしておきたくない」

バレーボール部に所属していただけあって、早坂凛は大柄の体育系女子だ。読書好きとは意外だが、「これまでの人生に必要だったことの大半を学んだ」というのだから、彼女にとっては実用書のように役立ったということだろう。どういうふうに役立ったかは描かれないので、これ以上は想像するしかない。

ここでようやく、ふたたび次男のことを思い出す。市立図書館から借りてくるのは、音楽CDばかりだと先に書いたけれど、全部ではない。本も少しは借りてくるようなのだ。

次男が二度目の大学生になってから、中近東や南米などにバックパッカーとなって一人で旅するようになったことは以前書いたことがある。自分の足で行けばその地に興味も湧いてくるのも当然で、必ずしも観光ガイド本ではなく、それぞれの国の歴史を描いた書などを時々は借りてくるのだ。彼は彼なりにこうして本と親しんでいくのだろう。残念なのはそっち方面の本は所持していないので、長男に文学書を渡すようには次男に本を渡せないことだ。それが悔しい。

初めてコーラを飲んだ日

久美沙織《くみさおり》『ブルー』（理論社）は、十三歳の今里杏が学校をさぼって図書館に行くと、そこでオグラサヨコという不思議な女性と知り合うところから始まる長篇だ。おしゃべりでお節介なその女性は、三十年前に起きたバス事故を調べているという。こうして今里杏《いまざとあん》はその調査に付き合っていく。要約のしにくい小説だが、この長篇の中に次のような台詞がある。レストランで食事をしながら、オグラサヨコはこう言うのだ。

「格差社会とか下層とかいうけど、いまは、みんな携帯持って、ブランド財布持って、クレジットカードを持っている。誰もがこぎれいなかっこうをして、ファミレスで食事して、地デジ対応のテレビも据えつける。ふつうの家に電話すらなかった時代、家族で外食するなんて誰かの誕生日だけだった時代は、ついこないだなのに」

そうだ、そうだったと、遙か昔のことを思い出す。両親と姉と兄と私、家族五人で外で食事した記憶がない。誰かの誕生日であっても外食なんてしなかった。東京オリンピック前の、まだ日本全体が貧しい時代だったから、それでも淋しいとか、つまらないとか思わず、当然のことだと思っていた。

外で何も食べなかったわけではない。生家から歩いて十五分ほど行ったところの商店街にはしょっちゅう行っていて、その商店街にあった軽食屋にはよく入った。

夏は小倉アイス、冬は大判焼きなどを母や姉と一緒に食べた。コーラを初めて飲んだのもその軽食屋だった。小学五年生の姉が「これ、アメリカの飲み物なのよ」と言うので一口飲ませてもらったが、薬くさくておいしくなかった。いつも母と姉と一緒で、父も兄もいなかったのは、母と姉の買い物に幼い私がついていっていたのかもしれない。父は仕事をしていて、兄はどこかで遊んでいて、いつも家で一人遊びしていた私を見かねて、「あんたもいく？」と母が声をかけてくれたのかも。

突然思い出した。銭湯の帰りに父とラーメン屋に入ったことがある。おなかがすいたと小学生の私が言うと、じゃあラーメンでも食べて帰るか？ と父が言ったのである。夕食をすませていたから、それは夜食といっていい。普段ならそんなことはけっして許さない謹厳実直な父が「ラーメンを食べていくか」と言いだすとは思ってもいなかったから驚いてしまった。そのとき食べたラーメンの味はまったく覚えていない。しかしあの夜の胸の鼓動はいまでも鮮やかだ。父とカウンターに並んだこと、壁に貼られたメニューを見て、ラーメンを頼んだこと、そういう光景の断片が、まだ残っている。それを今でも覚えているのは、父と二人で外食したのがその一度きりだからだろう。

しかし家族全員で何かを食べに行ったという記憶はないが、だから不幸だったとは思わない。まだ若かった両親や、姉や兄と食卓を囲んでいれば、それだけで幸せだった。外食でなくてもいいのだ。家の食卓で十分だ。おそらく、小学一年生のかのこちゃんもそう思っているに違いない。

万城目学《まきめまなぶ》『かのこちゃんとマドレーヌ夫人』（角川文庫）だ。マドレーヌ夫人というのは突然現れた猫で、いつの間にか、かのこちゃん家の飼い犬玄三郎《げんざぶろう》（こちらは柴犬の老犬だ）と夫婦になっている。

どれほど言語能力の低い猫でもともに三か月も暮らせば、人の言葉を最低十は識別できるようになるが、犬の言葉だけはいつまで経ってもだめで、だから猫の世界では「外国語」と言われているという。ところがマドレーヌ夫人はその「外国語」を解するので、すごい猫がやってきたと猫たちの朝の集会で大騒ぎ。

というわけで、そのマドレーヌ夫人とかのこちゃんの日々が始まっていくという楽しい小説だが、個人的に好きな場面をご紹介。

食卓で眉間にしわを寄せて難しそうな表情で本を眺めているお父さんに近づいて覗き込み、「これは何て読むの？」と尋ねると、「これは刎頸《ふんけい》の友」との返事。その意味を聞いて、かのこちゃんが「ふんけー」「ふんけー」「ふんけー」と隣の部屋までスキップしていく場面だ。

あるいは、茶柱の意味を聞いた翌朝、お父さんとお母さんをトイレに呼ぶ場面。どうしたんだと二人がやってくると、かのこちゃんが放ったばかりの「大」が、見事なまでに下方向に垂直に浮かび、まさしく茶柱の態を成している。おお、ウンコ柱だとお父さんもお母さんも感心する場面である。

家族で食事をするシーンは出てこないものの、これだけ仲のいい家族なら、外食しようが家食だろうが、どっちでもいいという気になってくる。大切なのは、どこで食べるかではなく、まして何を食べるのかでもなく、家族の心が寄り添っているか、なのだ。おそらくこの家族なら、わいわいがやがやと賑やかで、たのしくなるような食事に違いない。

しかしそれも、かのこちゃんがまだ幼いから、ということが言えるような気がしないでもない。たとえば我が家も、息子らが幼いころの食卓は賑やかだった。しょっちゅう外食にも出かけた。ところが長男が家を出て、大学生の次男もほとんど家で晩飯を食べなくなると、食卓はしんと静かだ。まるで、伊吹有喜《いぶきゆき》『四十九日のレシピ』（ポプラ文庫）に出てくる熱田《あつた》家のように。

これは、七十一歳の乙美《おとみ》が亡くなったあとの夫・良平《りょうへい》の日々を描いた長篇だが、生きているときは「カバンが汚れる。いらない」と老妻の差し出した弁当を邪険にしたくせに、死んでしまうと途端に淋しくなる感情が巧みに描かれている。

差し出した弁当を断ったのは、サンドイッチのソースが袋に染みだしていたからだが、たかがソースのシミぐらい、注意して持っていけばすむことだったのに、あれが最後の手料理だとわかっていたら、あんなにつれないことは言わなかったと、良平は亡くなった妻のことを思い出している。

東京で姑と同居している娘にこれ以上の心配はかけたくないが、一人でいると食欲もなく、ひっそりとした食卓の前で、なんだかなあと良平は思っている。

そこに現れたのが「極限まで日焼けしたと思われる褐色の肌に黄色い髪、目の周りを銀色の線でふちどった娘」だ。乙美がボランティアで教えていた教室の生徒だという。自分が死んだら捨てるものとか整理するものがいっぱいあるから手伝いに行ってくれと生前頼まれていたと言うのだ。

というわけで、四十九日までの日々が始まっていくのだが、そうか、伴侶が亡くなればこのしんとした食卓はもっと静かになるのだと気がつく。やまんばのようなギャルが私の前にも現れるかどうかは定かでないが、それは究極の静かさに違いない。

しかしまだそういう事態が到来するまでは幾ばくかの日がある。それに実は、時折次男が「外に何か食べに行こうよ」と誘ってくることがあるので月に一度は家族三人で外食に行ったりしている。そういうときも長男は不在だから家族全員が集まるわけではないが、これが結構楽しい。

普段は話すことの少ない次男だが、外食の夜は、いま考えていること、友人のこと、将来の夢など、いろいろ彼のほうから話しかけてくるからだ。

家にいるときはそういうことを話さないのに、なぜ外食の夜だけ話してくるのかはわからないが、しかしこういう夜もあとわずかだろう。長男がそうであったように、やがてこの子も家を出て、そうなるともう両親と食事する機会も極端に少なくなるに違いない。これが最後の日々だと思うだけで胸がちくんと痛くなるのである。

家を出る季節

就職が決まってしばらくすると、長男は実家を出て、都心のマンションで暮らすことになった。あまりに仕事が忙しく、郊外の実家に毎日帰宅するのが大変になったらしい。毎日終電で帰り、翌朝早く出ていくのでは、たしかに体がもたないだろう。

その引っ越しの日、「気をつけてな」と私が言うと、「外国に行くんじゃないんだから」と長男が笑った。「それにしょっちゅう帰ってくるよ」。

同期の社員とマンションをシェアして住むらしい。そんなに広いスペースを使えるわけでもないようだ。大量の本やCDを置いていったのは、そういうことでもあるようだ。

しかし一度家を出たら、生活の基盤が移動することでもあるし、そうそう頻繁に帰ってはこられないだろう、と思っていた。

案の定、最初のうちは日曜ごとに帰ってきたものの、やがて徐々に顔を見せなくなり、月に一回が二か月に一回になり、だんだん足も遠のいていく。正月休みをまるまる実家で過ごしたのも最初の年だけで、昨年の暮れは一日帰ってきただけ。今年のゴールデンウィークも実家にいたのは一日だけだった。

もちろん、もう子供ではないのだから、たとえ彼らが休みの日に実家にいたところで、家族でどこかへ出かけるわけでもない。それぞれが自分の部屋で過ごし、夕食のときに食卓を囲むくらいだ。

その夕食ですら、たとえ一緒に暮らしていても、「今日は友達と会うから食べない」と母親に言って出かけることが少なくなく、食卓に家族全員が顔を揃えることのほうが珍しい。

それでも、みんなで食卓を囲まなくても、帰りが極端に遅くても、一緒に暮らしていれば、頻繁に顔を見ることが出来る。トイレにいくときにすれ違うこともあれば、夜中に起きたら居間にいたなんてこともある。

そういうときに元気そうな顔を見れば、ほっと安心するものだ。それが親の当然の心理である。別に会話を交わさなくてもいい。一緒に食卓を囲まなくてもいい。同じ屋根の下でともに暮らしてさえいれば、家族として繋がっていけるということだ。

ところが別々に暮らすようになると、それでも心は繋がっていると言いたいところだが、残念ながら家族を結ぶ線はどんどん細くなっていく。屋根を共有しないことは他人の始まりなのだ。

石井睦美《いしいむつみ》『兄妹パズル』（ポプラ文庫ピュアフル）の中に、母親がぽつんと呟く場面がある。いや、母親が呟いたことを、亜美《あみ》が思い出すくだりだ。

その呟きを引用する前に、この長篇の内容を簡単に紹介すると、これは高校二年生の松本亜美が語り手となって、二人の兄とのこと、母のこと、父のこと、そういう家族の日々を描く長篇である。

上の兄貴は優等生でガリ勉で、物静かな美形。下の兄貴はおしゃべりで、スポーツ好きで、粗雑。そういう二人の兄に囲まれて亜美は育っていくのだが、回想で挿入される彼らの幼い日の光景が、きらきらと光っていて美しい。

で、母親の呟きだが、下の兄貴が大学に合格した日、家族でお祝いのご飯を食べたあと、こう呟いたのである。

「こうやって、家族が揃って暮らせるの、あとどのくらいあるのかしらね」

そのときの亜美の述懐を引く。「わたしは一度だってそんなことを考えたことはなかった。明日が来てあさってが来てまたそのつぎの日になり、それらの日々が今日になり昨日になりおとといになっても、ずっと今の日々が続くのだと――いや、そんなことをわざわざ考えることもないほど自然にこのままだと思っていたのだった」

そのとき父親は「あっという間さ」と言ったのだが、父の予言は思わぬかたちで当たってしまう。その合格祝いの日から二か月しかたっていないのに、下の兄貴が家出してしまうからだ。

そういうかたちで家族が揃わなくなるというのは特殊なケースだろうが、しかし家族はいつかばらばらになっていく。子供たちは家を出ていき、親だけが残される。それが当然だ。

たとえば、C・J・ボックス『震える山』（野口百合子訳／講談社文庫）を見てみよう。

これはワイオミング州の猟区管理官ジョー・ピケットを主人公とするシリーズの第四作。大自然を舞台にしてなかなか読ませるシリーズだが、これまでの作品を未読でも大丈夫なので安心して手に取られたい。

今回は、マグナムをくわえて死んだ旧友の死の謎をジョーが現地に単身赴任して調査する話だが、地元の保安官は協力しないし、副局長は真実の追求よりも予算にしか関心を示さないし、レジャーガイドは反抗的だし、開発業者は早く承認せよと圧力をかけてくる。ジョーは大変なのである。身も心も休まらないのだ。

それなのに、きのうはどうして電話しなかったの、とジョーの妻メアリーベスはがんがん怒ってくる。大変だなあジョー。

メアリーベスが夫の電話がないことに苛立つのには理由がある。長女のシェリダンと揉めているのだ。そういうときに夫が仕事とはいえ、家を出ているので怒っているのである。

つまりこれは、いずれシェリダンが親元を離れ、自立していくためのきしみのようなものだ。家族が永遠に一緒に暮らしていければいいが、そんなことはあり得ない。いずればらばらになっていく。メアリーベスの苛立ちはそのきしみと解されたい。

しかし世の中には例外もあって、それが明野照葉《あけのてるは》『家族トランプ』(実業之日本社文庫)。家族がばらばらにならないケースだ。

三ノ輪にある食堂兼居酒屋「磯家《いそや》」は、二代目の由多加《ゆたか》がバツイチ独身の四十四歳、その姉の潮美《しおみ》は独身の四十七歳。親父さんが七十、お袋さんが六十八、ばあちゃんは九十三。この五人家族の平均年齢が六十四。みんな一緒に暮らしているのである。

潮美だけが外に出て働いているが、あとは全員が「磯家」を手伝っている。ばあちゃんは漬物担当だ。潮美の代わりにお袋さんの妹（こちらも六十代）までもが「磯家」で働いているから、完全に一族経営といっていい。

「三十代未婚女性の居場所探しの物語」と帯にあるように、この物語の語り手は、「磯家」一族とは関係ない風見《かざみ》窓子《まどこ》。彼女の勤める会社のやり手ウーマンが潮美で、このパワフル女性と親しくなって窓子は三ノ輪の実家を訪れる――というかたちで進んでいく。

こういう家族がいるんだと窓子は驚くが、読者もまた驚くのである。食堂兼居酒屋を営んでいる、という特殊性もあるだろうが、家族がばらばらにならなくても、みんなでいつまでも一緒に暮らしてもいいではないかという提示は、とても新鮮だ。

そうか、うちも商売をしていればよかったんだ。そう思った途端、家族がばらばらになるのは当然だと言っていたくせに、実は淋しかったことに気づく。そうか、オレは淋しかったのか。

父の愛

私の父は寡黙な人だった。家族全員で食卓を囲むときも、誰かが話しかければもちろん答えはするけれど、けっして自ら口を開かなかった。

怒られた記憶もない。昼間は黙々と軽印刷機械を動かし、夜は辞書を傍らに置いて英語の本を開いていた。ペイパーバックを読むのが彼の趣味だったのである。

もちろんそれが仕事ではない。小説が好きだったわけでもない。あくまでも英語を読むのが好きというタイプだった。だから、ペイパーバックを読んでいて、知らない単語が出てくると、さまざまな辞書を引いて、彼はその意味を調べる。その時間がいちばん楽しい、とこれは幼い私が質問したときの父の答えである。

家中に大量の辞書とペイパーバックが積まれていた。辞書などは一冊あればいいと門外漢の私などは思うのだが、どうもそういうものではなかったらしい。辞書によっては細かなところが違うようで、その違いをノートにつけるのが父の趣味であった。

どうしてそんなことが面白いのか、私にはさっぱりわからないのだが、こればかりは仕方がない。

辞書が好きなのは、父が旧制中学に通っていたころからで、筋金入りの辞書フェチである。のちに会社員をやめて軽印刷業を始めるとき、英英辞典のいちばん手放したくないやつを仕方なく三十万円で売り、そのうちの二十五万円で輪転機を買い、残りの五万円で手放した英英辞典の新版を購入したというから、辞書の世界は理解しがたい。

だから、いつも寡黙に本を読んでいる父の姿しか私の記憶にない。ところが私より五歳年上の姉に言わせると、あなたは末っ子だから可愛がられたんだとよく言っていた。父が若いときにはよく叩かれたと姉は言うのだ。

「あなたが生まれたころにはお父さんも丸くなっていたのよ」

と言うのだが、たしかに昔は短気な人だったんだろうなと思うところもあった。しかし短気な時も、温和になっても、そして終生寡黙な人であっても、間違いなく父は私たちを愛してくれた。

特別のことをしてくれたわけではない。ごく普通のことをしてくれただけだ。たとえば正月に、会社から臼《うす》と杵《きね》を借りてきて、猫の額ほどの自宅の庭で餅をついたことがある。末っ子の私が小学校に入ったばかりの年だ。臼と杵をリヤカーに乗せて会社から運んでくるのは重かったろう。そのとき父は、もし庭で餅をついたら私たち三人の子供が喜ぶだろうと思ったに違いないのだ。その心の動きの中に父の愛がある。

家族に対する父親の愛は、今も昔も変わらない。たとえば、伊集院静『お父やんとオジさん』

（講談社文庫）の宗次郎《そうじろう》は、十三歳のとき次兄を頼って朝鮮から日本に渡ってきた。母親と兄から片道だけの船賃を工面してもらい故郷を出たのだ。それから工場の下働きを始め、さまざまな職につく。要子《ようこ》と結婚するのは戦中だが、要子の家族が戦後韓国に帰っても、彼ら夫婦は日本に残る。

やがて朝鮮戦争が勃発し、その混乱の中で宗次郎の兄は殺され、兄の子供たちが故郷に取り残される。韓国に帰った要子の弟五徳も、穴の中に一年も閉じこもって救出を待っているという。日本に渡るときに世話になった兄への恩を宗次郎は忘れていない。その兄の遺児が困っているのなら助けなければならない。妻要子の弟が困っているのなら救出しなければならない。というわけで宗次郎は、土地を売った金で舟を購入し、朝鮮半島に渡る決心をする。たった一人で上陸しようとするのだ。はたして無事に救出できるのかどうかは本書を繙かれたい。ここでは宗次郎の無謀とも言える冒険の底に、家族に対する彼の深い愛があることを指摘するにとどめる。

家族を守る父の奮闘は、洋の東西を問わず変わらない。たとえば、サイモン・カーニック『ノンストップ！』（佐藤耕士《さとうこうじ》訳／文春文庫）だ。

タイトル通り、ノンストップのサスペンス小説である。トムが週末自宅にいると、突然電話がかかってくるところから始まる。その電話は、久しく会っていない知人のジャックからで、彼はかすれた声で助けてくれと言う。電話の向こうでは争う物音がして、やがてジャックがトムの住所を何者かに告げる声がして、そして静かになる。どうやらジャックは殺されたらしい。電話を切ったあと、トムの頭は猛烈な勢いで回転する。いったい何が起きたのか、ジャックを殺したのは何者なのか。トムの住所を聞き出してどうするのか。

そして急いで二人の子供を車に乗せて家を出る。何が起きているのか皆目わからないのだが、このまま自宅にいてはやばいような気がするのだ。

車を飛ばしていくと、猛烈な勢いでやってくる車とすれ違う。静かに車を停めて、自宅の見える場所に戻って確認すると、怪しい人物がトムの自宅の前に車を停めている。やっぱり来たんだ。

というわけで、見えない敵からトムは必死に逃げまわる、という話が始まっていくのだが、その予想もつかない展開こそがミソだろうから、これ以上の細かなことは紹介しないでおく。

ここでは、トムが必死に逃げるのは妻子を守るためであること、家族を守る父親の愛であることを確認しておきたい。

残念なことに、その愛が家族に伝わりにくい場合もある。それが勝目《かつめ》梓《あずさ》『叩かれる父』(光文社文庫)に収録の表題作だ。

小村《こむら》道夫《みちお》六十三歳は、定年退職した地元のリゾートホテルの施設課で、臨時雇いの仕事を隔日でしている。五十八歳の妻敏江《としえ》は毎日スーパーに働きに出ている。ようするに余裕たっぷりの年金生活を送っているわけではない。

そこに二十八歳の長男隆一《りゅういち》が転がり込んでくる。彼は地元の高校を出て、東京の製紙会社に就職したのだが二年で退社。自分に合った仕事を探すと言って、あとはアルバイトの日々。そして突然家に帰ってきて、自分の部屋に閉じこもってしまう。

その隆一が、母親を階段から突き飛ばしたことについて父親の道夫がドア越しに抗議すると、キレた隆一が殴りかかる。そのとき、道夫が無抵抗であり続けたことの背景には、道夫の父（つまり隆一の祖父）のことがあるのだが、それを紹介していると長くなるのでここでは割愛。

隆一が幼かった日のことは描かれないけれど、おそらくは道夫の袖を摑み、敏江の手を握っていたはずなのだ。それが成長すると、母を突き飛ばし、父を殴るのである。親としてはとても哀しいが、しかしそのことにも道夫は耐え続ける。隆一に、はたして親の愛が通じるのかは、この作品をお読みいただきたい。

トムの子供も、そして隆一も、親になれば、父がいかに自分を愛してくれたか、そして守ってくれたか、理解できるだろう。それでは遅いと言われるかもしれないが、それでもいいと親としては思うのである。早いに越したことはないけれど、しかし遅すぎることはない、と思うのである。

仕事か私生活か

次男の就職がようやく決まった。昨年の暮れから就職活動を開始して、リクルートスーツ姿で毎日のように出かけていたが、未曾有の就職難の時代なので、四年生になっても、そして夏になってもなかなか決まらず、これは無理なのかと思っていた。

就職戦線の様子も昔とはまったく違っていて、私のような古い人間には信じられない。私たちのころは（とはいっても、もう四十年も昔のことだが）、大学の学生課の前に貼り出される求人票を見てから申し込んだ記憶があるが、最近ではインターネットで説明会のエントリーをするところから始まるようだ。

なんだかよくはわからないのだが、定員というものがあって、エントリー打ち切りとか、まだ間に合ったとか、そういう悲喜こもごもから始まるらしい。いや、次男の就職活動を見ていて気がついただけなので、他の形の就活ももちろんたくさんあるのだろう。

昨年の暮れから今年の夏まで、五十社以上は受けたらしいが、全滅。夏になっても決まらず、よく音をあげないよなあとひそかに感心していた。私ならとっくの昔に音をあげていただろう。しかし外から帰ってきても、食後はずっと部屋に閉じこもって静かにしているから、精神的にはやはりこたえていたと思われる。

夏の終わりにようやく内定が出たのだが、最後の重役面接の前日はさすがに緊張していて、面接の練習をしてくれないかと言ってきた。就活を始めてからこんなことは初めてだ。これがおそらく最後のチャンスだと彼は言う。これがダメなら絶望的だろうと言う。

そこで、「どうして我が社を受けたのですか」という定番の質問をすると、「ええと、ちょっと待ってね」といきなり口ごもるから心配だ。翌日が面接だというのに、これで大丈夫なのか。いつもは起こしても絶対に一発で起きない次男が、面接の日は何も声をかけないうちに居間にやってきた。緊張してほとんど寝ていないという。

これでは電車の中で寝過ごさないだろうか。せっかくのチャンスなのに寝過ごしたりして面接に遅刻したら大変だ。心配しだすときりがない。あらゆることが心配に、そして不安になってくる。

実は内定が出ても、まだ心配なのである。というのは、交通事故を起こしたりしたら内定は取り消しというのだ。次男はずっとピザ屋で配達のアルバイトをしていて、まだそのバイトを続けているからバイクに乗る機会が多い。

本音を言えば、働き出す来春まであとは家の中でじっとしていてほしいのだが、アルバイトを続けるのはもちろんのこと、バックパッカーとして海外旅行にも行きたいと言うから、大丈夫なんだろうかと親としては不安になる。

それに内定は出たものの、その仕事の中身をよくは知らないので、次男につとまるのだろうかという心配もある。親というのは、どこまでも心配症なのだ。


そういうときに、天野孝の父親を思い出すのである。天野孝というのは、不知火京介《しらぬいきょうすけ》『鳴くかウグイス　小林家の受験騒動記』（光文社文庫）という小説に登場する勉強道場の塾頭だ。拳真会館という大手の空手流派に所属していた天野孝は独立して道場を開く。一時は二百名の門下生を誇るが、近くに拳真会館の道場が新しく出来るとそちらにほぼ全員が移ってしまい、こうなると食えないから、もともと予備校などの模試の採点バイトを副業にしていたということもあって、空手道場は閉鎖して学習塾を開くことにする。空手着を着た塾頭の誕生である。

その天野にも父親がいて、ずいぶん心配をかけたらしい。三年前に亡くなったその父親に対して申し訳なかったと天野は言うのだが、ようするに、わが子がどういう職業につくかは皆目見当がつかないし、その仕事が変わっていくことだってあるという話だ。それをいちいち心配していたらきりがないのである。

天野孝の父親は、わが子が空手家になるとは思ってもいなかったかもしれないが、学習塾を開いてその塾頭になるとも思っていなかったかもしれない。それでもそれがわが子の選んだ道ならば、それでいいのだ。そういう心境に、私も早くなりたい。

そして大事なのは、まわりの人間に愛されることだという当然の結論に落ちつくのである。たとえば中島要《なかじまかなめ》『刀圭《とうけい》』（光文社時代小説文庫）だ。

町医者を主人公にした時代小説だが、主人公圭吾は貧民救済の医療に生涯を捧げた父親から「私に代わり阿蘭陀《オランダ》の医学を学んで来てくれ」と懇願され、十七のときに長崎に行く。その数年後に父が亡くなり、江戸に戻ってきて、ひょんな縁から長屋に住み始める。

貧しい町人たちに安く、時には無償で治療してくれるなら家賃はいらないとみんなが大家にかけあってくれて、医療の環境を整えてくれたからだ。もちろん彼らにとっては、それが自分たちの役に立つからなのだが、こうして圭吾の仕事が決まっていく。

この時代の医者に資格は必要なく、もっともらしい恰好をして、医者でござると名乗れば表向きは通用する。しかし怪しげな医者にかかれば命を縮めかねないから、人々は厳しい目で観察する。圭吾はその厳しい無言の面接に合格したとも言えるから、それはそれで幸せなことであるに違いない。

そして最後に、そうやってようやく得た仕事であっても、永遠に続くとはかぎらないという教訓を学んでおきたい。それが盛田隆二《もりたりゅうじ》『二人静』（光文社文庫）だ。

この長篇の主人公町田周吾《まちだしゅうご》は、食品会社の商品企画部に勤めている。その町田が同僚の住谷《すみや》と一緒に部長に呼ばれ、創業五十周年特別プロジェクトに君たちを推薦したいと言われる場面が、終わり近くに出てくる。

隔週土曜日、一年に二十五回の会議が予定されている。休日勤務の労に報いるため、メンバーにはプロジェクト手当てが特別に支給される。その額は課長職の手当てに準ずる。つまり課長待遇だ、これで君たちも将来の幹部候補だな、と部長は言う。

この話を翌日、せっかくですが家庭の事情がありまして、と町田は辞退を申し出る。確認のためにもう一度訊くが、私はきみを推薦して、社長もそれを了承した。それを承知の上で辞退するんだな、と部長に言われ、言葉を探しているうちに憮然とした表情になって部長はわかったとだけ答える。

出世の道が閉ざされるどころか、将来が不安になる場面だが、このとき町田が辞退したのは、施設にあずけた父親をこれから毎週土曜、自宅にひきとって世話をするつもりだったからだ。たった一晩の自宅外泊で父の様子がよくなったので、そういう計画を立てたときであった。

それと同時に、その土曜はあかりと志歩と逢う日でもある。この二人がどういう存在なのかを説明すると長くなるのでここでは控えたい。ぜひこの小説をお読みいただきたい。

その理由も結構大きいのではないか。つまり町田は仕事よりも私生活の充実のほうを選択したということだ。それが両立出来ればいいが、出来ないときにどちらを選ぶかというのは大きな問題で、町田は迷うことなく私生活を取ったのである。

けっして仕事が、そして会社の都合が、第一義ではないのだ。優先すべきなのは自分の人生なのである。これも仕事を考えるときの重要なポイントだろうが、内定が出た途端に明るい表情になった次男を見ると、そんな先のことはとても言いだせないのである。

第三章

ゆっくりと生きろ

いま着ている服を好きになること

内定を貰ってすぐに、次男はスペインに旅立った。就活の最中から「外国に行きたいなあ」と言っていたのである。しかし、就職先が決まるまではまさか旅に出るわけにもいかず、待ち望んでいたのだろう。

いまでは笑い話になっているが、次男が最初に一人旅に出かけたのは二度目の大学に入ってすぐの二泊三日の香港旅行だった。往復のチケットだけ買って、あとは何も決めず、宿も現地に行ってから決めるというバックパッカーの第一歩だった。がちがちに緊張しまくりの旅だったという。

それから東南アジアに一か月、中近東に二か月、南米に三か月と卒業するころにはそれなりのバックパッカーになっていたことはすでに書いた。

高校を卒業するまでは、いや最初の大学をやめるまでは、内向的な性格で、遊ぶのは地元の友達だけという状態だったが、旅先で知り合ったいろいろな人と親しくなり、そうなると彼の性格も変化してくる。旅は人を大きくする、というのは本当だ。たった数年で、積極的で、チャレンジ精神にあふれた青年になった。時間はかかったものの、内定をもらえたのもそのためだろう。最初の大学にいたころの彼だったら、絶対に内定はもらえなかったに違いない。こうやって人は変わっていくのか、という見本のような数年間だったといっていい。

もちろん、長い期間旅に出るのは親として心配である。特に、中近東のときは、明日からヨルダンに入るという連絡を最後に、ぴたっと連絡が来なくなり、あのときは焦った。それから二週間後にカイロのインターネットカフェから連絡が来るまで、テロリストに誘拐されたのではないかとか、事故にあって瀕死の状態になっているのではないかとか、いろいろ心配したものだ。

携帯をなくしちゃって連絡がとれなかったというのだから、親の心子知らずだ。実はいまでも、心配である。無事に帰国するまで、気が休まることはない。しかし日本にいたって何が起きるかわからないのだ。交通事故に巻き込まれるかもしれないし、絶対に安全ということはない。

スペインに到着してすぐ、メールがきた。バルサとバレンシアの試合のチケットが取れたというのだ。それが今回の旅の目的のひとつだったから、喜びがあふれていた。

小学校に入ってすぐのころ、いつも学校に遅刻する子だった。ちゃんと間に合う時間に家を出るのに、どうして遅刻するのかというと、途中に小さな森のような区域があり、そこで落ち葉を拾ったりしているうちに遅れるのだという。それがあとで判明して呆れてしまったが、そういう幼子が、いろいろなことはあったにせよ、一人でスペインの地に立ち、日本の両親にメールをくれるのである。感慨深くなるのは当然だ。

岩瀬成子《いわせじょうこ》『まつりちゃん』（理論社）は、児童文学界のベテラン作家のヤングアダルト小説である。まつりちゃんという幼子を、さまざまな人の目を通して描く連作集だ。

「いい葉っぱですね。セミが好きそうな葉っぱですね」

とか、

「あのね、靴を外に出しとかないでください。人がいるのかなって、だれかが気がつくから。ここに入れてください」

などと、丁寧な言葉を使う幼い女の子の造形がとても新鮮だ。徐々に、そのまつりちゃんがどういう状況にあるのか、その背景が少しずつ語られていく。それはけっして目新しいものではないのだが、しかし少女の造形の新鮮さが、この物語に鮮やかな風を吹き込んでいる点は見逃せない。

このまつりちゃんの人生はこれから始まるのだ。うちの次男の人生がこれから始まるように、少女はここから大きく羽ばたいていく。幼いときに少しくらい不幸でも、それで人生が終わるわけではない、とまつりちゃんにエールを送るのである。

あるいは、ブライアン・グルーリー『湖は餓えて煙る』（青木千鶴《あおきちづる》訳／ハヤカワ・ミステリ）のケースもあるだろう。ミシガン州北部の小さな田舎町を舞台にしたこの長篇の主人公ガスは、大都市デトロイトの大手新聞社に勤務していたが、挫折して故郷に帰り、いまは地元の新聞社で働いている。

アイスホッケーの試合が迫力満点に描かれるスポーツ小説であり、同時に青春小説で、しかも家族小説で、さらにミステリでもあるというこの長篇は、新聞記者小説でもある。

幼いときの夏の日曜の午後の回想がいい。主人公は他の子供たちと兵隊ごっこをしていて、家のまわりをぐるぐる走りまわっていた。父親に「おいで、ガス。キャッチボールでもしないか」と声をかけられたとき、一瞬足をとめ、「いまはいい」とだけ答えて、また走りだした。父親の横を通りすぎるとき、父の顔に浮かぶ表情が目の端に映った。その夏の午後の風景を思い出す。「うん」と答えればよかったとガスは思う。そのときのことを思い出すだけで後悔が胸をよぎるのである。癌が見つかって、父が無口になる前の、夏のことだ。

こういう点景が随所にきまっているので、とても忘れがたい小説になっているが、ここではガスが仕事で大きな失敗をしたこと、その挫折をかかえていることに留意したい。

次男も社会に出ていけば、ガスのように仕事で大きな失敗をすることもあるだろう。そういうことは一度もないとは断言できない。しかしガスがそうであるように、それで君の人生が終わりになるわけではないのだ。そこからいかに立ち上がるか、そのことが重要なのである。たとえそういうことがあっても、出来ればガスのように、次男もまた逞しく、立ち上がってほしいと祈りたい。

しかし考えてみれば、そんなに偉そうなことを言えた義理ではないのだ。次男の就職内定祝いの食事会で、「あとはすぐに会社をやめないことだな」と言った私に、「お父さんはそんなこと言う資格ないよね」と長男が言った。彼は私が、大学を出てから数年間に七〜八社勤めては辞めの繰り返しをしたことを知っているのだ。次男も当然知っているから、苦笑い。私だけが忘れていた。

息子よ、就職が決まったとき、「まさか製薬会社で働くとは思ってもいなかったなあ」と君は呟いたけれど、それでいいのだ。

君がめざした業界ではないかもしれないが、しかし与えられた場で頑張ればいい。自分の気にいった服を探すのもいいけれど、いま着ている服を好きになること、そして自由に着こなすことも大切なのではないか。父はそう考えているのである。

無限の荒野について

夏の終わりに長男と飲んだ。次男はまだ就活中だったので、久しぶりに二人だけで飲んだ。二人で飲むのは初めてではない。彼が大学生のとき、二年続けて京都で飲んだことがある。秋に京都で競馬の大レースがあり、私は毎年行っているのだが、長男が大学生になったとき、ぼくも連れてってよと言った。一緒に競馬場に行きたいというわけではない。往復の交通費とホテル代を出してくれというわけだ。晩飯は一緒に食べても昼間は別行動。彼は一人で京都散策をしたいという。

というわけで往復と宿だけ一緒という京都旅行を二年続けてしたのだが、夕方待ち合わせの場所に来ないので困ってしまった。あれは二年目のことだ。

携帯に電話しても繋がらないのである。仕方なく一時間待つはめになった。ようやく現れた彼は携帯は電池切れで連絡が取れなかったと言う。なぜ遅れたのかというと、遅い昼飯を食べに店に入ったら、どこから来たの？　一人で来たの？　とあれこれ店の人に話しかけられ、これも食べていけ、あれも食べていけと全部ただで御馳走になったので、席を立てなかったという。長男は背は低いのだが、可愛らしい顔だちをしているので年上女性にモテるようだ。

大学を卒業後、ロンドンに留学し、それからは就職して忙しい日々を送っているようなので、たまに実家に帰ってきたときに家族でグラスを傾けることはあっても、二人で外で飲んだことはなかった。この夏に二人で飲んだのは、だから十年ぶりである。

夕方から飲みはじめ十時ごろまで飲んだ。親として聞きたかったのは結婚する気はあるのかということだった。もう彼は三十歳なのである。すると、三十三歳で結婚すると断言。えっ、付き合っている人がいるということ？　恋人はいないと聞いていたのだが、そこまで断言するということは最近出来たということか。

ところが現在付き合っている人はいないという。三十三歳くらいで結婚したいというのは、彼の人生設計のようだ。

だから、現実にはどうなるかわからない。しかし彼も結婚して子を持って、そういう家庭を作っていくのだと思うと複雑な気持ちになった。ついこないだまで、ランドセルを背負って小学校に行っていた子が、そういう季節を迎えようとしているとは、感慨深くなろうというものだ。

しかし子供を育てるのは大変なのである。大丈夫なんだろうか。どのくらい大変かは、里見蘭《さとみらん》『さよなら、ベイビー』（新潮文庫）を読めばいい。

これは引きこもりの青年佐藤雅祥《さとうまさよし》が主人公の小説だ。彼は父親と二人暮らしなのだが、ある日突然その父親が赤ん坊を連れてくる。知り合いの人から三週間預かってくれと頼まれたと言うのだ。問題はその父がそれから三日後に死んでしまったこと。

つまり青年のもとには赤ん坊が残されてしまうのである。赤ん坊の母親に連絡しようにも、どこの誰だかわからず、警察や市役所や児童相談所に連絡しても急には引き取れないという。その間にも赤ん坊は泣きわめくし、ええと、ミルクってどうやってあげたらいいんだ、と雅祥青年の育児生活が始まるのである。

この話の他に、不妊症で悩む夫婦と、シングルマザーになることの不安をかかえるヒロイン。この二つの話が並行して語られていく。つまり子を生むとはどういうことなのか、子を育てるとはどういうことなのか、というテーマが全開になっていく。センスあふれる文章もいいし、いやはや読ませる。

これだけでも十分なのだが、なんとこれだけではないからびっくりもの。最後にいたると、これがミステリであることに気づくという仕掛けたっぷりの小説なのだ。もともと赤ん坊の母親は誰なのか、何のために雅祥青年の父に預けたのか、という謎はあるのだが、もっと大きな謎が潜んでいたのである。あとで読み返してみると、おお、伏線がいっぱい。何も知らずに読んできた読者は（私のことだけど）絶対にのけぞる。

ここでは子育てがいかに大変なものであるかを学んでほしいが、その前に結婚する人と長男がどうやって知り合うのか、という問題もある。

たとえば、フェリクス・J・パルマ『時の地図』（宮崎真紀《みやざきまき》訳／ハヤカワ文庫NV）という小説がある。一九世紀末のロンドンを舞台にした小説だが、ヘンな小説がお好きな方におすすめの小説である。

恋人を切り裂きジャックに殺された男が、過去に戻って恋人を救おうとするのである。これが第一部。その時代には時間旅行社というのがあって、ロンドンっ子に大人気。人類とマシーンが戦っている二十世紀の戦場に数時間滞在するツアーなのだが、青年はその時間旅行社を訪れて過去に戻りたいと申し込む。ところが、その会社では過去へは行けませんとの返事。しかし、「タイムマシン」という小説を書いたウェルズという作家なら、過去に行くタイムマシンを持っているかもしれませんと言われ、青年は次にウェルズを訪ねていく。ね、ヘンな小説でしょ。

ここでは第二部をとりあげておきたい。二十世紀の人類軍の総司令官に一九世紀の娘が恋しちゃうのである。時を超えた恋は実るのかというその悩ましい問題をウェルズがどう解決していくかというのが第二部だ。

これは特例だろうが、結婚するまでには実にさまざまな問題があって、そこで躓《つまず》いてしまうことがないとも限らない。長男がそういう幾つもの問題をクリアしていくことが出来るだろうかと、ふと心配になる。彼がどんな相手を選ぼうとも反対はしないけれど、出来ればみんなに祝福されるような結婚であってほしいと思うのである。結婚で躓くことは勘弁してほしいのである。

それに結婚して子を持っても、それがけっしてゴールではないから人生は難しい。彼の前には無限の荒野がひろがっているのだ。彼が働く会社がずっと存続していくのかという問題も、このご時世では考えなければならないだろうし、家庭が破綻せず円満に営まれていくだろうかという心配もある。それほど贅沢は望まない。たとえ貧しくても、みんなが健康であればいいのだ。

大崎善生《おおさきよしお》『ユーラシアの双子』（講談社文庫）を読むと、特にそう思わざるを得ない。これは、長女に自殺された父親の旅を描く長篇だ。

長女の死の責任が自分にあるのではないかと石井《いしい》隆平《りゅうへい》五十歳は自分に問いかけている。離婚して一人きりになった隆平は会社を早期退職して、ユーラシア横断の旅に出る。ウラジオストックからリスボンまで、ひた走る列車の中で、これまでの人生を彼は回想する。まだ幼児だったころの長女のこと、妻と知り合ったときのこと、家族が寄り添っていたころのこと。そういう点景がきらきらと光っている。それらがすべて失われていることの痛みが、行間から立ち上がってくる。

辛い小説だ。しかし、希望は本当にないのだろうかと私たちはこの長篇小説のページをめくり続ける。それがこの小説の力だ。

こういうことが長男の身に起こらなければそれに越したことはないけれど、私たちの人生には何でも起こりうるのだ。その覚悟を彼にも持ってほしいと願うのである。

気楽に気長にやればいい

大学を卒業して最初に勤めたのは、経済関係の業界紙を発行している会社だった。銀座の外れにあったその会社まで、普通のサラリーマンのように毎朝満員電車に乗って通勤したが、ラッシュアワーに通勤したのは私の人生でそのときだけだ。その後は昼出社の雑誌社などを転々としたので、満員電車で通勤したことは一度もない。その一年足らずの期間だけが、まともなサラリーマンであった。だから、今となってはひたすら懐かしい。

今でも覚えているのは、銀座通りに面したビルにそのときの気温が表示される電光掲示板があり、そこに2℃と表示されていたことだ。冬の朝、会社に向かうときにその表示を見て、「2℃なんだ」と思った記憶が鮮やかだ。

古びたビルの四階からエレベーターに乗り、コートを着ようとしたら後ろの女性がすっとコートを持ち上げてくれたこと、会社の裏の喫茶店でさぼっていたら先輩社員にみつかって怒られたこと、近くの飲み屋でアルバイトしていた女の子がちょっと気になっていたこと、上司に誘われて卓を囲んだらあまりに弱くて驚いたこと——そういう断片的な記憶が幾つも残っている。
社外の光景はそのように覚えているのに、いったいその会社で自分がどんな仕事をしていたのか、具体的な仕事の記憶は少ない。覚えているのは、上司や先輩社員たちの言っていることがまったく理解できなかったことだ。飛び交う言葉はまるで異国語のように私を素通りしていくのである。

社外から電話がかかってくる。誰かがその電話を取り、しばらく話したあとで、上司に代わる。何か揉め事らしいとは気がつく。しかしそれがどんな揉め事なのかがわからない。私が驚いたのは、同じように横で聞いていただけの先輩社員が、電話が終わった上司に話しかけたことだ。えっ、あれだけの会話で何が問題になっているのかがわかっちゃうのか。

阿川佐和子《あがわさわこ》『うからはらから』（新潮文庫）を読んでいたら、その若き日のことを思い出してしまった。

ヒロインの来栖未来《くるすみく》四十二歳は出版社に勤めている。配属されているのは週刊誌の編集部だ。その編集部に春の異動で移ってきたのが茂田井《もたい》君である。東大出身でもう五年も編集者をやっているのに、取材の電話ひとつ、まともにかけられないスッカラカン男（これは未来の弁）。たとえば、

「なんか、お宅のタレントの中川梢《なかがわこずえ》の写真、是非、撮りたいとかって話なんですけど」と電話をかけるからびっくり。あわてて受話器を奪い取るが、先方は不機嫌で、きっぱり断られてしまう。なんであんな言い方をしたのよと未来が叱りつけると、その返事がすごい。

「だって来栖さんが、中川梢の事務所に電話して写真撮りたいって言えって言ったじゃないですか。僕は自分なりの誠意として『是非』って言葉を加えたつもりですけど」

これでは未来の茂田井君評が、「子供の頃から読書と試験勉強しかしないで、他のことはいっさい母親にやってもらって育った今風優等生の典型だ。他人の気持をはかるとか周囲の空気を察するとか、そういう人間としての基本的な知恵が何も身についていない。この業界、地アタマが悪くちゃ通用しないのだ」

となるのも止むを得ない。

阿川佐和子のうまさは、その茂田井君がまた別の顔を見せる展開をも描きだすことで、ホントに絶妙である。

もうひとつだけ付け加えておけば、これは家族小説である。とても異色の、キャラクター造形も、構成も、抜群に秀逸な、家族小説の傑作である。ヒロイン未来の仕事風景が描かれるからといって、仕事小説なのではない。

二十二歳の私が、この茂田井君のように「なんか、お宅のタレントの中川梢の写真、是非、撮りたいとかって話なんですけど」などと電話をかけたわけではないが、しかし「他人の気持をはかるとか周囲の空気を察するとか、そういう人間としての基本的な知恵が何も身についていない」ことではあまり違いはなかったように思う。

茂田井君のように生意気なことは言わなかったと思うけれど、理解が遅かったので「どんくさい」と思われていた可能性は高い。

仕事に対して積極性がなかったのである。その銀座の会社に勤めていたとき、千葉県庁まで取材に出かけたことがある。編集長の指示通りの部署に行き、指示通りの質問をし、指示通りの資料を貰って帰社したが、自分で工夫というものを何もしなかった。たとえまだ知識がなかったにしても、目の前の仕事に興味を持てば、もっと積極的に動いたはずだが、そういう積極性はかけらもなかったのである。

そのころの私なら、おそらくハリー・ブロックのようなことはしなかったに違いない。デイヴィッド・ゴードン『二流小説家』（青木千鶴訳／ハヤカワ・ミステリ文庫）の主人公である。ポルノ雑誌の身の上相談から、ミステリ、SF、ヴァンパイア小説と何でも書きまくってきた二流小説家のハリーは、ある日刑務所から一通の手紙を受け取る。

差し出し人は、十二年前に四人を惨殺して逮捕され死刑が確定している殺人鬼ダリアン・グレイ。彼はいっさい自供していないのだが、それを告白してもいいと言う。ある条件さえ満たされれば、手記の執筆をハリーにまかせてもいいと言うのである。ダリアン・グレイの手記ならば、大ベストセラーになる可能性は高い。百万ドルも夢ではない。

で、刑務所にダリアンを訪ねていくのだが、そこで奇妙な条件を突きつけられる。ダリアンは自分のところにきたファンレターから四通を選び、彼女たちに会いに行ってくれないかと言う。そして彼女と自分を主人公にしたポルノ小説を書け、と言うのだ。それが手記執筆の条件である。

ここから、予想もつかない話が始まっていくこと、群を抜くキャラクター造形も楽しめるが、その複雑なプロットの冴えが見事であること――などはもちろんだが、あまりに積極的だととんだことに巻き込まれるという真実をここでは学んでおきたい。

大学を卒業して最初に勤めた銀座の会社を、私は一年足らずで辞めてしまったのだが、もう少し我慢していれば意外に勤められたのではないか。いまになってみるとそんな気がしないでもない。

当時の私には、飛び交う言葉がほとんど理解できなかったが、意外とたいしたことはないのだ。仕事に熟知した人が聞けば、そんなにたいそうな会話が飛び交っていたわけではないことに気づいたはずだが、若い私にはそこのところがわからなかった。たぶん、そういうことだろう。

桂望実《かつらのぞみ》『ハタラクオトメ』（幻冬舎文庫）の帯に「勤続五年でわかったこと。男は、言うほど働いてない」とあるが、ホントにそうなのである。そんなに緊張することもなかったのだ。

桂望実の長篇は、働く女性たちに焦点を合わせ、女性だけのプロジェクトチームを描いていくが、実はこれ、女性だけに限った話ではない。つまり、「勤続五年でわかったこと。ベテラン社員は、言うほど働いてない」というモチーフに共通している、とも言えるのである。

だからこの春、新入社員になった諸君、必要以上に緊張することはない。肩の力を抜いて、すぐに結果を出すことを求めず、気楽に気長にやるのがいい。四月に新入社員となったうちの次男はただいま研修中だが、そう声をかけてあげたいのである。

攻めの姿勢でいけ

この暑い夏が過ぎて秋がくると、私、六十五歳になる。まったく信じられない。ついこないだまで大学生だったような気がしているのだ。

大学を卒業してから就職し、友人と雑誌社をおこして、その経営からも引退し、ようするに、大学を出てから四十年以上が過ぎているのだから、六十五歳になっても不思議ではないのだが、気分がなかなか追いつかない。この間の歳月の流れはホント、早かった。あっという間とはこのことである。もちろんその間にはいろいろなことがあったのだが、過ぎてしまえば、すべてがうたかただ。

街を歩いていて、老人の姿が目に飛び込んでくるようになったのは四十代になってからだが、あのころのことを思い出す。

そのころ老人の姿が目に飛び込んできたのは、ちょうど両親が亡くなったころで、もっと親孝行すればよかったという微かな痛みを感じていたからだろう。

いなくなってみて初めて親の有り難さがわかるというのは本当だ。それまでは親は永遠にいるもので、生家に帰るのが間遠だったのも、いつでも話が出来るんだから今日じゃなくても、という思いがあったからにほかならない。

思いついたその日でなければいけなかったのである。親は永遠にいるものではないのである。ある日突然ふっといなくなるのだ。

うろたえたのは、しばらくたってからだ。親がもういないことに突然気づくと、街中を多くの老人たちが歩く姿が目に入ってきたのである。

行き交う老人の顔に刻まれた皺などを見たりすると、その人がこれまでどういう人生を送ってきたのか、すごく気になりだしたのである。この老人は幸せな人生を歩んできたんだろうか。それとも親不孝な子にさんざん泣かされてきたんだろうか、などと勝手にあれこれ考えてしまったりする。

たとえば、すごく笑顔が素敵なおじいちゃんがいたりすると、こんなふうに自分も年を取ることが出来るだろうかと考えるのだ。

近所の駅前に並べられた自転車を管理している老人の中には、苦虫を嚙みつぶしたような顔のおじいちゃんが時にいたりするが、あんな顔は見せずに、私は笑っていたいと思う。

定年退職するまで会社で重要な仕事をしてきたわしに、こんな自転車管理をさせるのか、という不満があったりするのだろうか。しかしたとえ不満があったとしても、それを顔には出したくない。小学生ではないんだし、そのくらいは出来るだろう。

まず、愛される年寄りになりたい。最初はそう思った。たとえば、ほしおさなえ『夏草のフーガ』(幻冬舎)だ。これは祖母がある日突然、自分が中学一年だと思い込むようになってしまった家族を描く長篇である。

経済学者だったおじいちゃんが亡くなって、児童書の翻訳をしているおかあさんと暮らしている(お父さんとは別居中)中学生の夏草《なつくさ》を語り手に、学校内のいじめの日々と家庭内のさまざまな出来事を描いていく。おばあちゃんが突然倒れ、目を覚ますと自分は中学一年だと言い張るのだから、周囲は大変だ。しかしこのおばあちゃんが娘や孫に愛されているのはたしかな事実で、ある意味で羨ましい。けっして邪険にされるわけではない。こんなふうには愛されない老後だってあることを思えば、このおばあちゃんは幸せだと言わざるを得ない。

老人前期のころは、私もこういう愛される老人になることがテーマであった。苦虫を嚙みつぶしたような顔で街を歩いていたら、なんなのあのおじいちゃん、と嫌われるだろう。やはり周囲の人に愛されるほうがいい。そのためにはにこにこと笑っていることだ。

電車の中で席を譲ってほしいわけではないが(まだ譲られないから安堵。最初に譲られたときはそれなりにショックだろうな)、でも愛される老人になれば譲られることもあるだろう。いや、それが目的ではないんですが。

ところがそのうちに、それは違うかも、と考えるようになった。愛されるというのはひたすら受動的で、それを期待していると、なんだか周囲に媚びているような気がしてくる。自分がいやらしい人間のような気がしてきたのだ。

そこでテーマを変えることにした。愛される老人になるのではなく、頼られる老人になること、そのほうがいいのではないか。つまり守りの姿勢ではなく、攻めの姿勢といっていい。

たとえば、真藤順丈《しんどうじゅんじょう》『畦と銃』（講談社文庫）に出てくる三喜男《みきお》さんだ。この長篇は、日本海沿岸から数十キロ離れた、農業と林業が盛んで、一部では牧畜もやっている田舎の村を舞台にした長篇で、そういう村のさまざまな問題を描いていく。

就農斡旋やら農作物の販路を牛耳ってぼろ儲けしている一派に、敢然と反旗を翻すのが三喜男さんで、「優れた営農技術をもった篤農家」であり、「やることなすこと豪快」であり、「けれん味たっぷり」であり、「年寄り衆からも子供からも慕われていた」人物である。「田んぼの外で悪さをはたらく乱暴者、うつけ者」を、この地域の方言で「あぜやぶり」と言うのだが、三喜男さんは破格の「あぜやぶり」なのである。

この三喜男さん、もう七十歳近いのだが、何かあるたびに頼られている。三喜男さんに頼めば、たいていのことは解決してしまうので、頼られるのも無理はない。

しかし、「おれぁ、ぼちぼち七〇だっゃ。くたびれたじじいをけっぱらすなや」と本人が言うように、いつまでも頼られても困るのである。

そうなのである。いつまでも破格の「あぜやぶり」でいることは不可能なのだ。それに三喜男さんほどの知識と実績があるなら、頼られもするだろうが、いまからそんな知識と実績を身につけるのは無理というものである。ようするに、誰もが三喜男さんになれるものではない。普通の老人は絶対に三喜男さんになれない。

では、三喜男さんになれない私たちはどうすべきなのか。そのときヒントになるのは、井上荒野《いのうえあれの》『そこへ行くな』（集英社文庫）に収録の「団地」という短篇だ。

団地に引っ越してきた中年夫婦を描く短篇だが、その中に次のようなくだりがある。

「老人が多い団地だということには、引っ越してきた翌日に気がついた。引っ越しの挨拶には自分たちの部屋があるF号棟の世帯すべてを回ったのだが、ほとんどの家で出てきたのはおじいさんかおばあさん、あるいはその両方だったから。団地とともに年をとってきた人たちなのだろう」

その老人たちは意地悪をするわけでもなく、強い主張をするわけでもなく、ひっそりと暮らしている。まるで自らが物語の背景であるかのように。

そうか、こんなふうに邪魔にならないように生きることが、それが老人の生きる道なのかもしれない。愛されることや頼られることを求めるのではなく、ただ邪魔にならないこと。それだけで十分なのかもしれない。そんな気がしてくる。

このように、年を取ると少しずつ感じることが変化してくるから面白い。正直に言うと、まだ気分は若いので、息子たちに言いたいことがたくさんあったりする。しかし、これからは君たちの人生だ。もう親があれこれ言う必要もないだろう。あとは遠く離れたところから、君たちをじっと見ていよう。そう決めて、ぐっと我慢するのである。

今度はいつ帰ってくるの？

週の始め、子供らが学校から帰宅するころ、一週間の荷物を持って家を出る――そういう生活をずっとしていた。

その気配に気づいた長男が急いで玄関まで駆けてきて、「今度はいつ帰ってくるの？」と尋ねてくる。「土曜日だな」と返事すると、「じゃあ、○○に行こうね」と長男が隣街の名前をあげる。たまにしか帰ってこない父親ではあっても、そのたまに帰ってくるときに近くの街まで家族で出かけることを彼は楽しみにしているのだ。

あれから四半世紀が過ぎ、長男も次男も家を出て、子供たちの声が家の中から消えた今になってみると、あれはとても貴重な時間だったのだなと思う。

庭で子供たちが遊ぶのも、玄関まで追いかけてくるのも、ずっと続くものだとばかり思っていたが、あっという間にそういう季節は過ぎ去ってしまうのである。

もう子らの声は聞こえてこないし、誰も追いかけてこない。老妻と二人だけの日々はいつも静かだ。お盆には、子供たちが帰ってくるが、それも彼らが結婚するまでだろう。恋人が出来、結婚し、孫が生まれれば、彼らにも生活というものが出来るのでそう頻繁に実家に帰ることもなくなるに違いない。

庭で水遊びしていた幼い子らの笑顔は、あのときだけのものであるのだ。それをいま、とても懐かしく思い出す。

久保寺健彦《くぼでらたけひこ》『GF』（双葉文庫）は、戦う女性たちを描く作品集だ。GFは、ガールズファイトの略である。タレント、フィギュアスケーター、バイク好き少女と、さまざまな相手、状況と戦うヒロインがここには登場するが、ここでは巻末に収録の「足して七年生」を取り上げたい。語り手は佐々木可奈子《ささきかなこ》。六年生に進級する直前、いまの小学校に転校してきた女の子だ。転校したこと、クラスでいじめられていることには事情があるのだが、ここではすべて割愛。

この小学校では、きょうだい学級というシステムがあること。これをまず紹介する。一年生と六年生、二年生と五年生、三年生と四年生。足して七年生になる二人が四日間、昼休みを一緒に過ごす行事で、くじ引きで可奈子が組まされたのが一年生の拓馬《たくま》。

この拓馬は色白で、やせっぽちで、どうでもいいことをぺらぺら喋るわりに、うざったいのでもう来るなと可奈子が脅すとすぐに泣きだす弱虫だ。なぜか可奈子に懐いて、きょうだい学級が終わっても、昼休みになると可奈子のいる教室にやってくるのである。

その拓馬が笑うシーンがある。この子は母親と二人暮らしで、母親が帰宅するまでおじいちゃんの家で待っているのだが、その「すっごくボロい」（拓馬談）おじいちゃん家を可奈子が訪ねるくだりがある。

そのとき可奈子がなぜ拓馬を訪ねたのかは本書を読まれたい。ここではドアを開けた拓馬の姿だけを引いておく。

この少年は「あっ」と驚き、「遊びに来てくれたの!?」と興奮するのだ。こうなると遊びにきたわけじゃないとも言えず、「まあ、うん」と可奈子も言わざるを得ない。このときの拓馬の笑顔が読み終えても残り続けるのである。こんな笑顔を見せられたら、私だって可奈子同様に、癒されてしまうだろう。

もっとも可愛いのは幼いときの笑顔だけで、年を取ると残念ながら可愛さは失われていく。拓馬だって小学一年だから可愛いのであって、大人になればそういう笑顔は見せなくなるだろう。

たとえば、アン・タイラー『ノアの羅針盤』（中野《なかの》恵津子《えつこ》訳／河出書房新社）の主人公リーアムは六十歳だが、その姉ジュリアは幼いときのリーアムについてこう証言する。「母がそうやってあなたにおやすみのキスを教えたのよ。あなたはよく、リズミカルに調子をとって投げキッスをしてたわ。右にキスして、左にキスして——大きな音を立てて、満面の笑みを浮かべてね。足の先まで覆うカバーオールのパジャマを着て。お尻の部分が開くようになっているトラップドア式のパジャマでね」

それがリーアムの二歳のときだったというのである。

「可愛らしい赤いほっぺ、きらきら輝く目。投げキッスをするぷっくりした小さな指。あなたがどんなに可愛かったか、自分は知らないなんて言わせないわよ」

六十歳の老人にもそういう可愛いときがあったのである。姉のジュリアの記憶の中にその笑顔はまだ残っている。

そうか、拓馬が笑顔を失っても可奈子がずっと覚えているかも。そうやって笑顔は残り続けていくのだ。

それならば、フミやマキの笑顔も誰かの記憶に残り続けるのかもしれない。重松清『ポニーテール』（新潮文庫）の主人公である姉妹だ。

フミはお母さんが病気で亡くなってお父さんと二人暮らし、マキは両親が離婚して母と一緒に暮らしていたが、フミの父親とマキの母親が再婚したので、二人は姉妹になる。これは、その新米姉妹の日々を描く長篇である。

フミは小学四年生、マキは小学六年生。二人は毎朝一緒に家を出るが、マキの足は早く、フミを待ってはくれない。どんどん先に行ってしまうから、フミはちょっぴり淋しい。

それにお姉ちゃんはいつもムスッとしている。空き地で捨て猫を見つけ、家で飼いたいなと思ってフミはアキに尋ねる。

「おねえちゃんは、猫と犬、どっちが好き？」

猫と言ったら、お母さんに一緒に頼もうと思ったのだ。ところがおねえちゃんの返事は予想外で驚く。マキはこう言うのである。

「動物って、あんまり好きじゃない」

そういうちょっとぎくしゃくとした姉妹の日々を、軽やかに、鮮やかに、重松清は描いていく。

大半はフミの視点で語られていくが、後半違う視点が入り込むのがこの長篇のキモ。何も起きない姉妹の日々を、まるで『赤毛のアン』のように描きながらも、それだけでたっぷりと読ませはするのだが、やっぱりラストは重松清なのである。うまいうまい。

このフミとアキも、その日々の中で見せた笑顔をやがては失っていく。しかし二人のお父さんとお母さんはけっしてその笑顔を忘れない。それが彼らの生きる力でもあるからだ。

それに、その笑顔を失ったことを哀しむことはない。幼子の笑顔がまぶしいのは、それが本質的に永遠ではないからだ。うたかたのように消えてしまうものだからだ。彼らの笑顔はそういう一過性のものにほかならない。だからこそ胸が痛くなるように切なく、愛しいのである。

自由に生きる

東京競馬場でF先輩と会った。オッズモニターを見上げていたら「どうだね調子は」と声をかけられ、振り向くとF先輩が笑って立っていた。競馬場で会うのは二年ぶりだ。

先輩は水道工事の会社に勤めていた。定年と同時に小会社の社長となり、二年前に会ったときは「もうおしまいかと思ったら顧問をやれってよ。また二年のびちゃったよ」と言っていたが、その顧問職も今年の春に終わり、完全に悠々自適の日々らしい。

東京競馬場まで二時間半かかる地に一人住まいの先輩は六十七歳。「おい、また麻雀とかの話があったら電話くれよ」と携帯を出してきたのには驚いた。若いときからしょっちゅう卓を囲んだ仲だが、携帯を持たない先輩は社を出てしまうと連絡が取れなくなるので当時はとても困っていた。二年前に会ったときでも携帯を持っていなかったのである。それが完全に悠々自適の生活に入ってから携帯を所持するとは思わなかった。遅いよ先輩。

たしかにその年で、一人で家にいてもつまらないだろうから、誘ってくれよと言いたくなる気持ちはよくわかる。年を取っていちばん淋しいのは、東京を離れたり、あるいは亡くなったりして、友がいなくなることだ。

一人酒の好きな人はいいが、私は友と飲みたい。気のおけない仲間と飲む酒はおいしい。一人で飲む酒なんて、おいしくない。そういう友が一人欠け、二人欠け、集まることがだんだん間遠になっていくのはとても淋しい。だからその年で携帯を所持する気持ちはよくわかるのである。最終レースが終わったとき、そうだと思い出してまわりを見回したが、先輩の姿はもうどこにもなかった。先輩が定年まで会社に勤めるとは思ってもいなかった。説明するのが面倒なので、人に紹介するときは大学の先輩と言うことにしているが、実はかなり省略している。実際には私の大学の先輩ではない。

高校時代の同級生が、私の大学とは別の大学に通っていて、麻雀のメンツが足りないときによく私のところに連絡がきた。そのたびに通りを渡って同級生の大学近くの雀荘に行ったのだが、そういうときに一緒に卓を囲んだ中にF先輩がいた。だから私の先輩ではなく、同級生の先輩である。その後、私の仕事場が新宿に移ったとき、F先輩の何度目かの、そして定年まで勤めることになる職場がたまたま新宿で、こちらのメンツが足りないときに誘うようになった。

当時は毎月卓を囲んでいたから、高校の同級生（彼がホントの後輩だが）よりも私のほうがよく会っていたことになる。そういう交遊が二十年も続いたのである。十年ほど前から卓を囲む機会も減り、そうなると時折競馬場で見かけるだけになったが、趣味が似通っていると交遊は途切れないということだろう。

しかし若いときからF先輩を知っている私からすれば、水道工事の会社で定年まで働くような人生を彼が送るとは思ってもいなかった。ではどんな職業につけば先輩らしいのか、と問われると途端に言葉に困るのだが。

三羽省吾《みつばしょうご》『Ｊｕｎｋ　毒にもなれない裏通りの小悪党』（双葉文庫）は二篇を収録した中篇集だが、ここでは「飯」という中篇をテキストにしたい。主人公は無職のタクミ。彼は借金がたまり、困っている。そこに奇妙な職を紹介されるが、それは小さな飯屋の厨房の手伝いで、報酬は月に三十万。十二時間拘束というのは辛いけれど、二十七歳の高卒プータローにとってはおいしい仕事だ。ただし、条件がある。その飯屋は刑務所の正門の真ん前にあるのだが、その刑務所から出てくる者を見張り、ある人物を見かけたら連絡すること、という条件を付けられる。

それがどういう意味を持つのかは本書を読まれたい。ここでは、この青年が流行らない飯屋を行列の出来る店にしてしまうという話に絞りたい。

メニューを改良し、工夫を凝らすのである。すると青年に料理の才能があったのか、どんどん客がやってくる。ほんのアルバイトのつもりだったのに、飯屋の経営が面白くなるのだ。自分のやりたい仕事と、その人の才能は別だ、とはよく言われることだが、その典型例がここにもある。

あるいは、グレゴリー・デイヴィッド・ロバーツ『シャンタラム』（田口俊樹《たぐちとしき》訳／新潮文庫）もある。こちらは文庫三巻という長丁場だが、一気に読ませる快作だ。一言で要約するのは大変難しい小説で、舞台はボンベイのスラム、インドの刑務所、そしてアフガンの戦場とどんどん移っていくと書くにとどめておく。

そのそれぞれの舞台を迫力満点に描きだしていくのだが、オーストラリアの刑務所を脱獄してボンベイのスラムに潜伏した主人公がひょんなことから診療所を開くという展開を見たい。貧しい人々を彼はそのようにして救っていくのだが、実は医者ではない。ちょっとした知識を持っていただけで診療所を開くのだが、そうするとスラムで暮らす人々が彼を頼ってくるのでやめるわけにはいかなくなる。

という事情なので、これをひょんなことから始めてしまった職業と言っていいのかどうか判断に困るところだ。それに彼はずっとその診療所の主になるわけではない。しかしここでは、仕事はひょんなことから決まっていく、という側面を見たい。

タクミが飯屋をやるつもりなどまったくなかったにもかかわらず、新メニューを考えるその面白さに惹かれていったのと同じように、そしてスラムに逃げ込んだシャンタラムが診療所を開くことを最初から考えたわけでもないのに、人々に頼られることに応えたいと思っていくのと同じように、F先輩にもその水道工事の会社に定年まで勤めることになった何らかのきっかけがあるはずなのだ。

雀荘と競馬場でしか会っていない私に、先輩が仕事を決めるそのきっかけが見えなかっただけにすぎない。

そうはわかっているのだが、しかし人は些細なことで一生の仕事を決めていくものだと思わざるを得ない。はっと気がつくと、若いときには思ってもいなかった仕事をしていることが少なくないのだ。それがとても不思議で、素敵だと思う。

若いときになりたかった職業についている人はそれなりに幸せかもしれないが、しかし幸せのかたちはそれだけではない。たとえば、雫井脩介『銀色の絆』（PHP文芸文庫）という長篇小説がある。

フィギュアスケートの世界を描いた長篇で、フィギュアの世界がいかに金がかかるかを知って驚いてしまうが、この小説が小織がフィギュアをやめて普通の大学生になったところから始まることに留意したい。フィギュアスケートの世界は彼女の回想として語られるのである。

ということは、その回想の中で、どれだけ小織が四回転ジャンプの練習をしようとも、さまざまな大会に出場しようとも、最終的には選手をやめてしまうことを読者は最初から知らされている、ということだ。

しかも冒頭に出てくる小織に、フィギュアスケートを断念したことの暗さとか恨みとかはまったくなく、むしろ晴々とした女の子として登場する。つまりフィギュアスケーターであることをめざしはしたが、それだけが人生ではないことが、この長篇の背後にはある。だから後味がいい。

こういう小説を読むと、君たちも自由に生きろ、と大学を出て社会で働いている息子たちのことをふと思ったりする。

君の人生は気が遠くなるほど長い

もしもタイムマシンに乗って、二十四～二十五歳のころの自分に会いに行けたら、何と声をかけるか——そういう設問があったとする。あなたなら、どうしますか？

これから社会がどう変化していくか、その激動の歴史を若き日の自分に伝えたい、と思う人もいるだろう。あるいは、いまは仲がよくても将来君を裏切る人がいるから気をつけろと注意する人もいるかもしれない。君がギャンブル好きなら、来年のダービーを勝つのは何という馬だと教える人もいるかもしれない。若いころの自分ならそれを知りたいはずだと考えれば、そういう行動を取っても不思議ではない。何と声をかければいいのか正解はひとつではけっしてない。対応はさまざまだ。

私ならこう声をかける。焦るなゆっくりと生きろ。

若いころなら誰でもそうかもしれないが、いつもどこかで苛立っていた。それはいまのままでいいんだろうかと思っていたからだ。そのときの生活や仕事に特に不満はないけれど、しかしこのままの人生でいいんだろうかという思いが、いつもどこかにあった。かといって、何をしたいのか何になりたいのか皆目わからないから打つ手がない。だから、静かに苛立つのである。早く結論を出したいのである。

たとえば若き日の私には恋人もいなかった。街を歩けば、カップルが仲良さそうに歩いていく。そういう姿が目に飛び込んでくる。そうするとやはり苛立つのだ。焦る気持ちはなかったが、それは焦りに似ている。

仕事を変えるのはなかなか難しいが（そのころはそう考えていた）、恋人を捕まえるくらいは出来るだろう。なぜ出来ないのか。そういう焦りである。

そのころ考えていたのは、というよりも妄想といっていいが、劇的な出会いを夢見ていた。つまり若き日の私にとっての出会いとは、自分からアクションを起こして得るものではなく、天から降ってくるものなのだ。まことに勝手なことである。

世の中にはそういう劇的な出会いが天から降ってきて、運命の人と出会う人もいるのかもしれないが、凡人たる私たちの人生にそういう奇跡が訪れることは絶対にない。そう考えるところから私たちの人生は始まっていく。

たとえば、木《き》内《うち》一裕《かずひろ》『デッドボール』（講談社文庫）だ。これは二十三歳のノボルを主人公にした長篇である。彼は工業高校を卒業してすぐに金属加工メーカーに勤めたが、スクーターに乗っていたときに脇道から飛び出してきた車に撥ねられ、骨盤と右肩を骨折。スクーターは大破。撥ねた車は逃走して捕まっていない。結局残ったのは、スクーターを買ったときの借金十五万円だけ。職を失い、長いリハビリを経て職探しを始めたところである。

そこに連絡がきたのは絶対に関わってはいけない先輩のゲンさん。いいアルバイトを紹介してやると言われて引き受けたら、なんとそれが誘拐の手伝い。金欲しさにノボルはついその仕事を引き受けて、怒濤の日々が始まっていく。という長篇だが、ここではその本筋から離れたところに留意したい。弁護士の愛人をしているマナミという二十歳の女性と、ノボルは知り合うのである。マナミは親の愛に恵まれず、自分一人の力で大学に行こうと風俗店で金をためていたのだが、そこで知り合った弁護士成宮の愛人になったという経緯がある。

ひょんなことからノボルはそのマナミと知り合うのだが、まことに劇的な出会いと言っていい。しかし、こういう劇的な出会いは少なく、多くはもっと普通の出会いだ。たとえば、マーティン・ウォーカー『緋色の十字章　警察署長ブルーノ』（山田《やまだ》久美子《くみこ》訳／創元推理文庫）に出てくるブルーノとイザベルのように。この長篇はフランス南西部のサンドニを舞台にしているが、ブルーノはその村の警察署長。とはいっても部下が一人もいない署長なのだが。

ある日、この村で殺人事件が起こり、国家警察の地方支部は刑事部長とその部下の女性刑事を送り込んでくる。その女性刑事がイザベラなのである。

ブルーノはたちまちイザベラの手を見る、脚を見る。そうして時間はかかるのだが、やがてそういう関係になる。するともう二人ともメロメロなのだ。

ちょっと離れただけで「会いたい」と電話して、「今夜は？」「あなたのものよ」などといちゃつくからコノヤロだ。ようするに、職場で知り合った関係である。我々の周囲によく見る出会いだ。

誤解されると困るので急いで書いておくと、小説は傑作なのである。なかなか読ませるミステリ・シリーズの第一作で、今後にも期待できる長篇といっていい。いまここに書いているのは、そういう評価とはまったく別の話である。そのあたりを誤解されないように、と付け加えておく。

こういう普通すぎる出会いではなく、かといって劇的すぎる出会いでもなく、もっと別の出会いはないものか。

それが、梶村啓二《かじむらけいじ》『野いばら』（日経文芸文庫）の中にある。これは第三回の日経小説大賞の受賞作で、二〇〇九年と、一八六〇年代の横浜を描く過去篇が入れ子になっているのがミソ。イギリスの外交官が日本女性と恋に落ちる顚末を記したノートを、現代のビジネスマンが読むという構造になっていて、幕末篇が全体の三分の二を占めているが、ここでは現代篇を取り上げる。

主人公の縣和彦《あがたかずひこ》は、フラワービジネスの世界で働き、海外出張も多いのだが、外国の空港で突然、「日本人ですか?」と東洋人の少女に話しかけられる。小学生にあがったばかりか。この少女がいきなり、「わたし、迷子になりました」と言うから和彦は驚く。彼女は泣きべそをかくわけでもなく、すごく冷静なのである。

どうしたらいいんだと思っていると、少女はなおも、「のどが渇いた」と言う。「でも急いでおかあさんを探さなければ」と言うと少女は初めて感情を顔に出す。唇が震えている。

和彦はあわてて「わかった、僕ものどが渇いたよ。あそこでジュースを買おう」と空港の中のコンビニに行く。そのあともトイレに行くとかいろいろあったあとに、とうとう保護者が現れる。

誘拐犯に間違われやしないかと心配していると、その母親が「アガタくん？」と言うから、またびっくり。近所に住んでいた幼なじみのツカサさんだったのだ。

彼女が親の転勤で引っ越していったのは小学生のときだから、二十年ぶりである。彼女はバツイチで、いまは通訳の仕事をしているらしい。お互いの飛行機の便の時刻が迫っていたので、名刺を交換するだけで二人は別れる。

さりげなく自然で、とてもいい出会いだと思う。この二人がその後どうなるかはわからないが、この出会いだけで十分だ。

タイムマシンに乗って、もしも若き日の自分に会ったら、たとえ恋人がいなくても焦ることはないと伝えたい。君の人生は気が遠くなるほど長いのである。その人生をゆっくりとそして誠実に生きれば活路は必ず開けてくる。そんなに劇的ではなく、かといってありきたりでもなく、あなただけの出会いがきっと待っている。そう伝えたいのである。

近所の焼肉屋に行った夜

就職した次男は月に一回実家に帰ってくる。で、仕事の愚痴を母親にこぼしてまた、「あ〜あ、明日から仕事かあ」とアパートに戻っていく。先日は自分の部屋からアパートまで大きな荷物を運ぶため、母親の運転する車に乗せていったが、渋滞に巻き込まれたので二時間かかり、その間ずっと母親は仕事の愚痴を聞かされたらしい。だから、父親としては不安である。もう辞める、といつ言いだすかわからないのだ。次の職のあてがあるならいいが、この不況下で次の職があるとは限らない。大丈夫なんだろうかと気を揉むのである。

ただ、結構いいなと思っていることもある。就職してから次男がよく喋るようになったことだ。高校大学時代は、家ではあまり喋らなかった。年の近い兄とはよく話していたようだが、両親とは、特に距離を置くというほどのことではないけれど、必要なこと以外はあまり話さなかった。

自分も高校大学のころに親とは特に話さなかったので、そういうものかも、と気にもしなかったが、就職してから愚痴以外にもいろいろと次男が話しかけてくると、なんだか親子の会話ってこういうものなのかと、ちょっといいなと思っている。

　こないだの日曜日も実家に帰ってきた次男が、焼肉を食べたいと言うのでカミさんと三人で、近所の焼肉屋に行った。そこは次男の小学校時代の級友の両親がやっている店で、だからカミさん同士は知り合いだ。あら久しぶりとかなんとか挨拶してから席についたが、まいっちゃうよなと次男が言いだしたので、何だ？　と尋ねてみた。すると昨年春に入社した同期組のなかで親しい六人で旅行にいく話が持ち上がっているという。問題はうちの次男は東京本社勤務だが、他の五人は静岡や名古屋など各地の営業所に勤務していることだ。そうすると、休みの最終日に成田に到着すると、その時間によってはその日中に勤務地まで帰れない人がいるというのだ。その前に目的地もまだ決まってないというから、いまごろそんなことでは無理なんじゃないかと言うと、そうだよなあと彼も言う。

　このように特別のことを話しているわけではない。ごくごく普通のことを話しているにすぎないが、こういうふうに次男が世間話をするようになったのは就職して社会人になってからだと気がつくのである。

　突然思い出す。私が大学を出て、働きだしたころ、まだ独身だったので、実家から独立して一人住まいはしていたものの、よく実家に帰っては母の愚痴を聞いていたことがある。愚痴を聞きたくて帰っていたわけではない。これくらいしかオレには親孝行は出来ないし、と思っていたのだ。まだ私、愚痴をこぼしてはいないので（将来はわからないが）、次男も母や父の愚痴を聞いてあげようと実家に帰ってきているわけではないと思うけれど、それでも時々帰ってくるのは、親孝行のつもりなのか。そういう気持ちがあるんだろうか。

しかし同期入社の仲間と、いまは各地にばらばらになっているのに旅行の話が持ち上がるとは、驚く。特殊と言われる製薬業界で、同期入社の全員が数か月も一緒に合宿するという事情も大きいだろう。同じ釜の飯を食った仲間というやつだ。話を聞いてみると、当たり前のことだが、みんな個性は別々で、仕事がちょっと遅いやつ、私生活を楽しんでいるやつなど、さまざまだ。休日の夜ということもあり、そういう各地の仲間から次男のもとに食事中も電話が何回もかかってきた。仕事の愚痴はこぼすけれど、結構仲間には恵まれているようである。

そんな仲間は一人もいなかったと私は若いころを思い出す。いないから一年半で八回も会社を変わったのである。いや、仲間以前に本人に働く意欲がなかったのかもしれないが。

たとえば、水野宗徳《みずのむねのり》『チョコレートTV』（徳間文庫）は、テレビ番組製作プロダクションを舞台にした連作集だが、第三話の主人公はバラエティー番組のAD木下正治二十一歳である。

こんな仕事につくんじゃなかったと彼は後悔している。なぜなら誰も彼の名前を呼んでくれないからである。「木下正治《きのしたせいじ》、二一歳です。宜しくお願いします」と無難に言っただけなのに、「普通過ぎる」とやり直しさせられたのだ。しかもリアクションが薄いから、あだ名が「ウスイ」。プロダクションの社長などは、自分が付けたあだ名を忘れて「ウスノロ」とか「薄毛」とか、そのたびに違う呼び方をする。クイズバラエティーのADの仕事が、お風呂に熱湯を入れることというのも彼には理解しがたい。なぜクイズ番組に熱湯が必要なのか。そんなことをなぜ自分がしなければならないのか。不満はいまにも爆発しそうだ。

この第三話は、そういうADの日々を軽妙に描いていくが、もちろん彼がそういう日常の中で何かを発見していくかたちになる。いったい何を発見するかは読んでのお楽しみにしておくが、若いころの私が一年半で八つも会社を変わったのは、こういう発見にいたらなかったからだと遙か昔を思い出すのである。

次男の話を聞いていると、木下正治のような不満、つまり何でこんなことをしているのかという自分の現在の仕事に対する根本的な疑問はないようだ。仕事のやりにくさについての愚痴のほうが多い。

もっと大変なのは、原宏一《はらこういち》『ファイヤーボール』（PHP文芸文庫）の主人公咲元《さきもと》四十三歳だ。なんとリストラされてしまうのである。七年前に購入した自宅のローンは山ほど残っていて、二人の子供をかかえているというのに、これは大変である。妻の千鶴子《ちづこ》はその前からパートに出ているが、それだけではローンの返済もまかなえない。

ここから奇想天外な話が始まっていくが、この中年男が第二の人生を無事に見つけることが出来るかどうかは本書を読まれたい。ここでは勤め人であるかぎり、リストラという困難に直面することはあるのだということを学んでおきたい。

ようするに、まだ始まったばかりの次男の社会人人生には、これからさまざまな危機や困難が待ち構えているのである。左遷、合併、リストラという危機や困難が何ひとつなければ、それに越したことはないが、たとえあったとしてもそれに負けないで欲しい。親としてはひたすらそれを願うのである。

俯いていたころ

次男が高校一年の夏を思い出す。彼が珍しく、話があると言ったのである。私は当時ほとんど家に帰らなかった父親なので、親子の会話も少なく、頼りにもされていなかった。とんでもない父親である。つまり私の家庭は、母親と長男と次男の三人家族のようなもので、私が参加するのは年に一度の家族旅行のみ。したがって次男が話があると言ったとき、私が相談相手になるんだろうかと心配だった。彼が日頃何を考えているのか、よく知らなかったからだ。

学校がつまらない、と彼は言った。わざわざ、そのことを父親に言うということは、なんとかしたい気持ちが彼にあるわけだ。サッカー部に入りたいんだけど、迷っていると彼は言う。なぜ迷うのか。部活は四月から始まっているから、今から入ると途中参加ということになり、部に溶け込めないのではないか。そのことを心配しているようだった。なぜ四月に入部しなかったのかを今から問い詰めても仕方がない。途中でもいいではないか、と私は勧め、結局彼はその夏からサッカー部に入ることになった。

あとで聞くと、部活には最後まで馴染めなかったようだ。彼は小学生のころからサッカーをやっていて、そこそこうまいという自負はあるのだが、やはり途中入部ではレギュラーがすでに決まっているので、そこには入れず、ボール拾いが中心の部活だったようだ。それはまだいいのだが、仲のいい友達も出来なかったらしい。今では誰に会っても物おじしない逞しい青年になったが、友達のいない高校でおそらく俯いていただろう次男のことを、時折考える。

人生が決まる決定的な期間がもしあるとするなら、それは高校時代なのではないか。もちろん個人差があるので、もっと幼いときに人生が決まってしまう人もいれば、三十歳を過ぎてからようやく人生が決まる人もいる。だからそう簡単に言えることではないのだが、多くの場合は高校時代に決まってしまうような気がする。

私が受験勉強に突然もやもやとした疑問を感じて、予備校のビルに入らず、その数軒先の喫茶店に突発的に入っていったのは高校二年の夏で、もしあの朝、予備校をさぼらなかったら、目標の国立大学に進学して今とはまったく別の人生を歩んでいたかもしれない。いや、受験に失敗して国立大学へは進めなかったことも考えられるが、とにかくそういう方向を是とする人生を歩んでいただろう。間違っても、出版業界などには進まなかったに違いない。

もちろん、そのあともいろんなことがあり、さまざまな人と会い、偶然や必然が幾つも積み重なった現在に至るので、そういうことがひとつでも欠けていれば、今とは違う人生を送っていた可能性はある。しかし、その最初のきっかけは間違いなく高校時代といっていい。だから、とても懐かしい。

おそらくは俯いて過ごしただろう次男の高校時代を考えるたびに胸がちくんと痛くなるのは、その危なっかしい時期を無事に過ごしてほしかったのに、淋しい思いをしたに違いない彼を思うからだ。私の仕事部屋で向き合って、つまらない毎日をどうにかしたいのにどうしていいのかわからないと言う彼の、真剣で、淋しげで、途方に暮れた表情を、今でも私は時折思い出す。

五十嵐貴久《いがらしたかひさ》『ぼくたちのアリウープ』（PHP文芸文庫）は、高校のバスケット部を舞台にした青春小説だ。この作家はシンプルな素材を躍動感あふれる物語に仕立て上げる技術に秀でているが、これも例外ではない。というのは、ちょっと異色のバスケ小説なのである。三年生が春休みに飲酒して喧嘩という不祥事を起こして、全員が退部。バスケ部は一年間、公式試合も練習試合も自粛、ということになったことを、一年生は知る。多くの一年生はそんなクラブに入っても仕方がないと入部をやめてしまうが、主人公の順平《じゅんぺい》は挫《くじ》けない。もう他の学年は信じないからお前らの入部も認めないというぶんむくれた二年生を説得し、一年生対二年生の試合に勝ったら入部を認めるという約束をとりつけるのである。ところがその時点で一年生は順平の他に一人だけ。これで試合は出来るのか、二年生に勝つことは出来るのか。そういうかたちで物語は進んでいく。ストレートなバスケ小説を書かないところが五十嵐貴久だ。しかし、この順平は元気この上もなく、彼の前にいくら困難が立ちふさがっても、なんとかするのではないかと思わせる。まあ、こういう元気あふれる少年のほうがいいのはたしかだが、小説の評価を離れていえば、少しついていけないところもある。

私にはこちらのほうがいい。有吉玉青《ありよしたまお》『美しき一日の終わり』（講談社文庫）に登場する秋雨《しゅうう》だ。八歳のときに実母が亡くなり、父の正妻のいる藤村家に引き取られた秋雨は、美妙《びみょう》の弟となる。

その秋雨が高校生のとき、弁当を作らない美妙の母の代わりに、この美しい姉がずっと弁当を作って持たせる。当時美妙は週に二度、母校に教えに行っていたが、美妙の授業のある日は駅まで一緒に歩く。「今日のお弁当のおかずはなあに?」「あけてのお楽しみよ」。その会話も駅までのデートも、束の間の蜜月だ。やがて秋雨は京都の大学に合格して家を出ていく。

『美しき一日の終わり』は、二人の生涯を貫く恋を描く長篇で、その関係こそがこの物語のキモなのだが、ここでは秋雨の高校時代を引いておきたい。

秋雨は負担をかけるのがイヤで、高校時代アルバイトに行く。そこで殴られる姿を美妙が目撃するシーンが挿入されていることに留意。おそらく高校でも彼は感情に蓋をしたまま過ごしていたに違いない。いっさい描かれていないのにこんなことを言うのも何なのだが、その俯いていたに違いない秋雨の姿を思うだけで切なくなる。

順平のように屈託のない高校生は実は少なく、私の次男や秋雨のように、実際には俯いて過ごす高校生が多いのではないか。そんな気もしてくる。

そして過ぎてしまえば、とても懐かしい時期になる。おそらく秋雨も私の次男も、そう思っているのではないか。そんな気がするのである。

私たちの老後

私の母は二十年以上前に亡くなったが、晩年は寝たきりであった。そうなる前は徘徊することもあり、大変だったらしい。らしい、というのは、一緒に暮らしていた父と姉が母の面倒を見ていたので、その苦労の実態を私は知らないのである。私が覚えているのは、私を睨み付けてきた母の目だ。時折訪ねていくと、私のことをすっかり忘れた母が、なんなんだこいつは、という目で睨んできたのだ。

あたしのことだって忘れているんだからショックを受けないでね、と事前に姉から聞いていたとはいえ、やはりショックで、いたたまれなかった。

だから、父と姉には申し訳ないとは思うものの、実家に帰るのも間遠になり、行方不明になった母が衰弱した体で三日後に発見された話などを父から聞くだけであった。

私の周囲には親の介護に追われる人が多い。会社をやめて故郷に帰った人も少なくない。定年間近であった人、もともとフリー稼業なのでどこでも仕事は出来るからと拠点を移した人など、事情はさまざまだ。

つい最近は、故郷にいる妹に頼まれて、月に一週間だけ帰郷して介護するため、仕事をやめた知人もいる。これまでは全部妹が介護していたのだが、月に一週間だけ彼が代わりをつとめることになったようだ。

私は父と姉に頼りきり、介護をしてこなかったので、そういう人たちの苦労を本当のところはよくわからない。わかる、と言っては失礼になるだろう。ただ想像するだけだ。

中脇初枝《なかわきはつえ》の作品集『きみはいい子』（ポプラ文庫）の巻末に、「うばすて山」という短篇が収録されている。主人公は女性誌の編集長だ。彼女は四十歳過ぎ。結婚も出産もしていない。都内のマンションで気儘《きまま》な一人暮らし。そこに故郷の妹から電話がかかってくるのが冒頭である。

アルツハイマーの母親を施設に入れることになったのだが、三日間だけ預かってくれないかと妹は言う。ヒロインは母親に愛された記憶がない。いつも怒られた。怒鳴られた。母親に嫌われるのは、自分がいけないからだとずっと思っていた。彼女が変わったのは、高校の先生に次のように言われたからだ。

「そんなにひどいおかあさんなら、きらいでいいんだよ。無理にすきになる必要はないんだよ。ひどいことをされたら、それがたとえおかあさんでも、中田にとってはひどいひとなんだから。ひどいひとをすきになる必要はないんだよ」

おかあさんをきらいな自分をきらいになる必要がないことを、そのとき彼女は知る。

そうして離れて暮らしていた母親が、アルツハイマーになって彼女のもとに帰ってくる。この短篇はその三日間を描く作品だ。

この作品集は、自分を愛することが出来ない子たちが、いかにして自分を好きになったかを描いているが、作者の意図を離れてこの「うばすて山」を母親の側から考えてみたい。

というよりも、自分がこの母親のようにアルツハイマーになったらどうなるだろうと考えるのである。私の年齢でいえば、介護する側より介護される側にむしろ近いから、そちらのほうが問題だったりする。そうなってしまったら本人はわからないわけだが、息子たちに迷惑はかけたくないし、とても複雑な気持ちである。

いちばんいいのは、くららの老後だ。梨木香歩《なしきかほ》『雪と珊瑚と』（角川文庫）に登場する藪内くららは、「赤ちゃん、お預かりします」と張り紙を出し、それを見た珊瑚がやってくる。珊瑚は雪をかかえて働くことも出来ず、困っていたのだが、くららは雪を預かることで彼女を応援する。

その費用はいくらなのか心配する珊瑚に、「あなたがお給料をもらうときまで、テスト期間というので、とりあえずはどうかしら」とくららは言う。「それでいいんですか」と言う珊瑚に、「今のところは。あなたがいっぱい稼ぐようになったら、たっぷり請求します」と微笑みかける。赤ちゃんの世話をするというのは、金儲けで始めたわけではないから、それで十分である。

その動機をくららは語らないので私が代弁するが、ではなぜ「赤ちゃん、お預かりします」との張り紙を出したのか。命のそばにいたいからだ。自分がそばにいることで、その命の助けに少しでもなるならば、それだけで十分なのである。それでお金をいただこうとは贅沢だ。

しかもその赤子を預かることで、シングルマザーが働きに出ることの助けになるならば、命の二乗である。自分は確実に誰かの役に立っている、と思えるのは嬉しい。それはお金には換えられない喜びといっていい。もうがむしゃらに働くことは出来ないけれど、自分にもまだ出来ることがあるのは嬉しい。

私を待っている現実が、寝たきりの老後なのか、赤子を世話する老後なのか。そのどちらの老後なのかはわからないが、いま願うのは出来れば後者であってほしいということだけだ。

しかし、老後の道ははたしてその二つだけなのか。第三の道もあるのではないか。そんな気もしてくる。そのときにヒントになるのが、坂井希久子《さかいきくこ》『泣いたらアカンで通天閣』（祥伝社文庫）だ。

これは大阪の下町商店街に店をかまえる「ラーメン味よし」の一人娘センコを主人公にした物語である。通天閣より南側は近年のレトロブームに乗って串カツの街として生まれ変わり大賑わいだが、「ラーメン味よし」のある北詰通商店街は新世界の北の端っこ。住人以外ほとんど人が通らない横町で、シャッターが目立つ淋しげな一角である。

センコの母は、センコが小学三年生のときに交通事故で亡くなり、その後は父親、そしておばあちゃんとの三人暮らし。この父親が問題で、しょっちゅう店を放って遊びに行ってしまう。センコは商事会社で働いているので、その間の店番はおばあちゃんだ。

ところがこのおばあちゃん、反応が鈍くて、客がきてもなかなか立ち上がらず、どうにかラーメンを作っても、麺は茹ですぎ、スープも冷めきり、ただでさえまずいと評判の店なのに、客足はますます遠のいていく。

センコは会社の上司と付き合っている。上司は東京に妻子を置いて単身赴任。つまり不倫である。先の見えない恋だ。

東京で就職した幼なじみカメヤが突然帰ってきたり、街の問題児スルメを家で預かると父親が言いだしたり、センコのまわりは忙しい。そういう下町に生きる庶民の日々を巧みに描いていくのが、本書だ。なかなか読ませる。

著者はオール讀物新人賞を受賞してデビューした人で、本書以外にも著作があるが、私は本書でこの作家のことを初めて知った。筆力のある人なので今後が楽しみな作家といっていい。

その評価を離れていえば、ここに脇役として登場するおばあちゃんが気になる。ぼーっと店番をしているだけの老女で、センコに何が起きているのか、この街でいま何が起きているのかも知らないおばあちゃんだが、案外私たちを待っているのはこういう老後なのかもしれない。そんな気もする。

つまり、寝たきりの老後、幼い命の世話をする老後、これらの老後以外に、普通の老後もあるということだ。ドラマチックなことなどはいっさい起きず、ただただ縁側でうつらうつらしているような老後が、私たちのリアルな老後というものではないのか。というわけで、「ラーメン味よし」のおばあちゃんに、かぎりない共感を寄せるのである。

一生の友でなくてもいい

勤めて二年半になる次男が先日の休みの日、久々に実家に帰ってきた。昨冬は暗い顔をしていたので心配していたが、今度は明るい表情だった。いまはとにかく暇だという。でも冬になればまた忙しくなりそうなのでイヤだなあと言う。暇なのも今のうちだよ、と笑った。昨冬に実家に帰ってきたとき、そういう話をいっさいしなかったことに比べれば、段違いである。私はよくわからないのだが、営業職の次男は、季節によって忙しさが異なるということらしい。

その次男が翌週も実家に帰ってきた。二週連続というのは珍しい。同期入社の連中と川原にいくので車を借りにきたようだ。川原でバーベキューをするという。

次男が働く会社はかなり人の変動が激しく、しょっちゅう先輩社員が辞めている。そういう厳しい会社で働いているということは競争も激しいのかと思うとそうでもない。次男に話を聞くと、同期入社の連中と仲がいいのだ。今年のゴールデンウィークもみんなで海外旅行に行くとの話が持ち上がり、ぎりぎりまで調整していたが、そのときは結局流れてしまった。同期入社とはいっても、首都圏で働くのは次男ともう一人だけ。だから、集まるのが難しいようだった。

入社前と入社してからも、合宿を長期間していたので、それで仲がよくなったということもあるようだが、それだけではないだろう。誰でもいいわけではけっしてない。たまたま気のあった同期入社組なのである。しかし、それはたまたまではあるけれど、奇跡の出会いなのだ。

東京近郊の川原でバーベキューするということは、名古屋とか大阪から同期組が連休を利用して上京してくるということだ。はたしてそういう交友がいつまで続くものなのかはわからない。会社を辞めて転職していけば、もう会わない関係かもしれない。しかしそれでもいいのだ。

たとえば、原田《はらだ》ひ香《か》『母親ウエスタン』（光文社文庫）という小説がある。構成に凝った小説なので、ここであまり詳しく内容を紹介すると興ざめになる。出来れば黙って読まれたい。

幼いときは母親を恋うものだという真実がここにある、と書くにとどめておく。

私たちが幼いとき、何かあるたびに母の胸に飛び込んだ。外で喧嘩してきた日、仲間外れにされて淋しかった日、母の胸に飛び込んでその匂いを嗅ぐだけで私たちは満たされた。

母の胸に飛び込んだところで事態は解決しない。それでも私たちは満足だった。哀しいときや辛いとき、その根本の問題が解決するのがいちばんだが、たとえ解決しなくても、誰かがそばにいてくれること。そっと寄り添ってくれること。そういう人がいれば、十分だった。私たちは一人で哀しみに耐えられるほど強くはない。必ず誰かがいてほしい。幼いときはそれが母親で、もう少し成長するとそれが友になる。

私たちは大人になるにつれて、母親を求めたことを忘れていく。大人になれば、もう母親がいなくても大丈夫になる。むしろ逆に、時には母親を批判的に見たりする。どうしてこんな自分勝手な、あるいは頼りない人がいないだけで泣いたりしたのか、と思うことだってある。しかし幼いときにはその母親が必要だった。

それと同じことが小学校の友、中学校の友にも言える。一緒に遊ぶ友がいなければ淋しい。特に深い話をしたわけではなくても、一緒につるむことで満たされる心がある。一生の友と会えるのがいちばんだが、そうでなくてもいい。そのときだけの友でもいい。

次男がいま、同期入社の友といつまで会い続けるのかはわからない。数年もすれば、もう会わなくなるかもしれない。しかしいま、会っているということ、互いのそばにいること、それで彼らが満たされていること、それが重要なのだ。私はそう考える。

楡井亜木子《にれいあきこ》『私たちの屋根に降る静かな星』（ハルキ文庫）という小説を繙こう。こちらはルームシェア小説だ。

ヒロインは三十五歳の小野りりか。仕事と住む家が決まったら夫と別れようと故郷の同窓会にやってくる。その席で高校の同級生武藤に会うと、彼が歯科医院の受け付けの職を紹介してくれる。では住む家はどうするか。すると武藤は、うちに来いよ、と言う。彼は祖父の残した一軒屋で暮らしているのだが、高校の先輩桜庭も同居していて、二階が空いているという。というわけで、ルームシェア小説が始まっていく。

このジャンルには、宮本輝『私たちが好きだったこと』（新潮文庫）という先駆的傑作があり、それと比較しては酷かもしれないが、こちらもそれなりになかなか読ませるということを書いておく。
ヒロイン小野りりかを始め、地元の銀行に勤める陽気な武藤、そして英語教師の無口な桜庭、この三人がみな傷ついていること——これがこの長篇の特徴である。そのどうしようもないそれぞれの状況を、具体的に彼らの力では解決しようもないけれど、しかしそばにいることで癒されていく。その真実を、この長篇は鮮やかに描いている。

最後に繙くのは、ヘニング・マンケル『ファイアーウォール』（柳沢由実子訳／創元推理文庫）だ。これは、クルト・ヴァランダーを主人公とするスウェーデンの警察小説シリーズの第八作。

これまでの作品を読んでいないと、いきなり第八作は手に取りづらいとは思うが、しかし物語が続いているわけではないので興味がある人は手に取られたい。それにシリーズ中でもこれは単発作品としても読める仕立てになっている。まぎれもなく警察小説だが、悲哀たっぷりの中年小説としても読めるので、そういう小説に関心のある方には特におすすめしたい。

主人公のクルト・ヴァランダーはイースタ警察署の刑事で、五十歳。妻とは別れて一人暮らしである。娘のリンダは家を出ているが、交際相手紹介サイトに登録することをすすめるし、しょっちゅう電話してくるから仲が悪いわけではない。しかしそれでも、ヴァランダーは淋しい。

友達がいないのである。何人かはいたのだが、警察を去ったりしていまはいない。だから、聞き込みに行って、感じのいい女性が出てくると、用が終わっても帰りたがらない。ずっとここにいたい、と思ってしまう。もちろん用が終われば帰るしかないのだが、心はずっとそこにある。

そのときのヴァランダーを私は笑えない。妻か恋人か友達が、彼のそばにいればけっしてそんなことは考えないだろうが、彼には妻も恋人も友達もいないのである。だから聞き込みに行った先で、帰りたくないと思ってしまう。ヴァランダーは私だ。

遙か昔のことを思い出す。授業をさぼって雀荘にたむろしていた高校三年のとき、もしあのとき友がいなければ受験勉強から離れている不安に耐えられなかったに違いない。一人で突っ張るほど私は強くない。その後は会うこともない雀荘の友ではあるけれど、あのときそばにいてくれたことに感謝している。

あるいはサラリーマンだった二十代の半ば、恋人もなく夢もなく、つまんねえなあと新宿の夜を飲み歩いていたとき、そばにいた何人かの同僚にも感謝している。もし彼らがいなければ、あまりの退屈さに音をあげていただろう。今となっては名前を忘れ、顔もうろ覚えの同僚たちではあるけれど、あのとき彼らの横にいてよかったと思っている。

だから息子よ、一生の友でなくてもいいのだ。そのときの友も、いまの友も、すごく大切なのである。私たちは一人で生きていけるほど強くはない。いま目の前にいる友に出会えたことは、ひとつの奇跡なのである。

新しい季節

正月に長男が女の子を連れてきた。女の子、とはいっても年齢は三十一歳。長男が三十二歳なので、一歳下の女性である。とうとうそのときが来たのか。

ところがよく聞いてみると、どうもはっきりしない。彼女が両親に会いたいと言っているので連れていっていいか、と暮れに電話がかかってきたのだが、詳しく聞いてみると、長男にはまだ結婚する気はないらしい。だったら何で連れてくるんだ？　いや、彼女が行きたいって言ってるから。先方の家には行ったのかと尋ねると、今度行くことになっているという。それは結婚に向かっているということなんじゃないだろうか。

そうとしか思えないのだが、次男もまた「にいちゃんはまだ結婚しないんじゃないかなあ」と言う。

なんでお前が知っているんだ？　長男も次男も実家を出て東京で一人暮らしをしているのだが、休みの日などに次男は長男の部屋に行ったり、外で食事をしたりしているようで、そういうときに彼女とも数回会ったことがあるという。

兄弟がそういうふうに外で会っているとは知らなかった。正直に言うとそれはちょっと嬉しい。特に親しくする必要はないが、時々は会う関係でいてほしいと思っていたので、長男に彼女がいたことよりも実はそちらのほうが親としては嬉しかった。

長男の態度がはっきりしないので、彼女がじれて、そして家に連れてってよと行動に出たのかなとも思うが、まあこればかりは当人たちの問題なので、親が口を出すことではない。

なかなか感じのいいお嬢さんだった。正月なので次男も実家に帰ってきていたので、みんなで食事をしたが、かまえるところもなく、とても自然体であった。

おやっと思ったのは、食事をしながら話をしているうちに、今年の春のカナダ旅行も、昨年の沖縄旅行も彼女が一緒だったと知ったことだ。長男が会社の休みに旅行に行ったことは聞いていたが、彼女が一緒だとは知らなかった。そうか、恋人がいれば一緒にいくのは当然か。

それに話の端々《はしばし》に、「しっかりしてもらわなくちゃ」とか、彼女の言葉には将来も一緒にいるとのニュアンスがあるのだ。ようするに、とても仲がいいのである。

意外だったのは、親として全然緊張しなかったこと。息子が将来の妻候補の女性を連れてくるときにはもっと緊張するのかな、と思っていたのだが、こちらも全然普通。感じのいい人でよかったなと思う程度である。娘が婚約者を家に連れてきたときはがちがちに緊張したと知人が言っていたので、そういうものかなとも思っていたのだが、息子の場合はまた異なるということなのだろうか。

まだ婚約したわけではないし、これからどうなることやらわからないのだが（彼女に振られるかもしれないし）、しかしいずれ長男も結婚していくだろう。もうそういう歳なんだと、なんだか複雑な気持ちだった。喜ばしいというよりも、ついこの間までランドセルを背負っていたのに、もう結婚なのか、という思いのほうが強いのである。どうして月日のたつのはそんなに早いのか、とやや憮然としているのである。

長男が幼いときはほとんど家に帰らなかった父親なので、あまりそばにいなかったことが悔やまれる。プールから部屋に引き揚げる途中でトイレに寄ると言いだした長男が「絶対にここで待っててね」と言ったのに、幼い次男が「部屋に戻る」と言ったのでつい長男のことを忘れてしまい、そのまま部屋に帰ってしまったのはグアムのリゾートホテルだ。しばらくしてから日本人の観光客に連れてきてもらった長男が、部屋の入り口にたたずみ、「待ってるって言ったじゃない」と泣きじゃくったことを思い出す。あれは彼が七〜八歳のころだったか。

そういう幼いころの記憶が次々に浮かんでくる。あの子がもう結婚するのか。三十二歳なのだから早いというわけではないのだが、それにいつまでも独身でいてくれと思っているわけではないのだが、歳月の流れは残酷だなという思いは禁じえない。

つまり長男はとうの昔に大人になっているのに、私の中では永遠に七〜八歳のままなのである。にもかかわらず、結婚という事実を前にすると（まだそこまで決まったわけではないのだが）、そうではないんだという現実を突きつけられた感じなのである。だから憮然とするのだろう。

山本幸久『展覧会いまだ準備中』（中公文庫）は、美術館学芸員四年目の今田《いまだ》弾吉《だんきち》を主人公にした長篇である。美術館の学芸員というものがどういう仕事をするのか、その夢とは悩みとは、というふうに展開する「お仕事小説」で、例によってたっぷりと読ませる。こういうものを描くと、山本幸久はホントにうまい。

主人公の今田弾吉は、学生時代は応援団に在籍していたという美術館の学芸員としては変わり種で、卒業してからも先輩の命令は絶対であるから、酔いつぶれた先輩をおぶって帰宅するのも日常茶飯事。美術館の同僚にも変人が多いが、応援団の先輩も個性豊かな人物が少なくなく、今田弾吉の青春は結構忙しい。

美術品専門運送会社のサクラちゃんから頼み事があると言われ、胸を弾ませると、ボクシングの応援にきてほしいと言う。弾吉が応援すると負けないというジンクスを耳にして、自分の試合に応援にきてほしいと彼女は頼むのである。サクラちゃん、なんとボクシングをしているのだ。ここからどういう恋模様が始まっていくかは読んでのお楽しみ。

長男と彼女にも、こういう恋愛初期の楽しい時間があったのだろうと思うと、なんだか温かな気持ちになる。一緒にどこに行って、何を見て、どんな会話をしてきたんだろうか。無性に知りたくなってくる。

もちろんこのまま無事に結婚したとしても、楽しいことばかりではないだろう。たとえば、飛《あ》鳥井千砂《すかいちさ》『海を見に行こう』（集英社文庫）の表題作に出てくる航《こう》と綾《あや》の夫婦のように、ちょっと辛いことだってあるだろう。この中年夫婦に何があったかは読書の興を削いでしまいそうなのでここには書かないことにする。結婚生活で待っているのは、必ずしも楽しいことばかりではないということだ。

この短篇は、漁師の息子が父親の職業を継がず、都会に出たその息子の久々の里帰りを描いている。彼は三十八歳。三年前に脳梗塞で倒れ、漁をやめた父親に仕送りをしているが、自分はけっして親孝行の息子ではないと彼は思っている。どこかに自分は親を捨てたのではないか、父親の期待を裏切ったのではないかという思いがあるからだ。実家で過ごす数日の休暇を描くこの短篇は、家族小説として傑出していると言っていいが、ここでは、長男と彼女の未来が順調であればもちろんいいのだが、結婚生活は順調なことばかりではないことを学んでおきたい。

しかし、長男と彼女の未来を心配する前に、自分の将来を心配する必要があるかもしれない。デボラ・モガー『マリーゴールド・ホテルで会いましょう』（最所《さいしょ》篤子《あつこ》訳／ハヤカワ文庫NV）を読むと、そんな気がしてくる。

この小説に、ノーマン・パースという七十六歳の老人が登場するのである。ロンドンで医師をしているインド系のラヴィの妻ポーリーンの父親だ。これがかなり問題のある義父で、とても一緒には暮らせないと、その老人を遠いインドの高齢者ホームに送り込む。これはここから始まる物語だが、ここではノーマンはかなり問題のある老人だということだけ書いておきたい。

私、長男夫婦と一緒に暮らすようになるだろうとは想像したこともないし、ノーマンほどひどくはないと思っているが、しかし息子に嫌われるのだけは勘弁してほしい。まず、そうならないように気をつけたいと思うのである。

文学が作りだした産物だ

女友達の話を聞いていて、いつも思うのだが、男より女のほうが絶対に友人が多い。男が外で働いていて、女のほうは仕事をやめて専業主婦になったケースでも、友人が多いのは女のほうである。

家にいるカミさんよりも、外で働いているオレのほうが友達は絶対に多い、と主張する男がいるかもしれないが、それは多くの場合、錯覚にすぎない。

その場合の「友達」とは仕事を通しての知り合い、知人というニュアンスが強い。それがはして本当の友人なのか、との疑問は禁じえない。本当の友人とは、日頃からプライベートで会い、さらに仕事の付き合いがなくなっても、人生の楽しみを共有したり、苦しみをわかちあったりする、そういう友のことである。

私たち男どもは、酒場で酒を飲む相手を、仲がいいので友人だと思っているが、仕事をやめた途端に交友のなくなる関係であることが実は少なくない。もちろん、そうやって仕事を通して知り合っても、本当の友人になることも中にはあるが、それはきわめて稀なケースといっていい。対して女性たちは、学校時代の友人や、趣味のサークルで知り合ったりした友人と、本当に長く交友を続けていく。片方が結婚し、片方が独身だったりする時期に、いったん交友は途絶えても、また何年もしたら復活するケースも多い。男同士の友情はかぼそいが、女同士の友情の絆は太いということだろう。例外はあるかもしれないが、これが一般的である。

そして、女同士の友情でいちばん目立つのは、娘と母親の仲だ。この関係はいちばん衝突もするけれど、いちばん仲がいい。こういうケースが少なくない。息子と父親の男同士と比べてみれば、その特殊性が際立つ。息子と父親は衝突もしないが、娘と母親ほど親密にもならず、どこかに他人事のような風情があり、距離がある。

これはすべて一般論であることをお断りしておかなければならない。娘と母親で口も利かないほど反目している仲もあれば、息子と父親が驚くほど親密な例もある。何事にも例外はあるが、私のまわりにはそういうケースが多い、ということだ。そう受け取ってもらえればいい。

たとえば、私の姉と母親の関係がそうであった。姉は高校まではお嬢さん学校に通ったが、高校卒業後にデザイン専門学校に進み、そこで演劇青年と知り合い、自分も芝居の道を選んで家を出た。結局は芝居の世界では芽が出ずに結婚して離婚して、最後は実家に戻ってきたけれど、それまでは本人も苦労しただろうが、しょっちゅう母親と喧嘩していたことを思い出す。

ではこの二人、仲が悪いのかと思うと、大事なことは母娘の間できちんと話していたりするから、私にはよくわからなかった。日頃喧嘩しているくせに、困ったことがあると姉は母親に電話してくるのである。母親のほうも、もうあんな娘なんて知らないと言っていたくせに、相談されると親身になって聞いてあげるから、仲が悪いんだかいいんだか。

母娘の関係にはそういうケースが少なくないことを私も後年知るようになるが、若いうちはその微妙な関係がよくわからなかった。

私は父親と喧嘩したこともないが、その分だけ姉と母のような親密な関係にもならなかった。父も母も姉も亡くなった今になってみると、姉と母のように、私も父と衝突するような関係でいればよかったという気がしないでもない。そうすれば、もっと親密な関係になったかもしれない。そんな気がする。

母娘の親密さを描いた小説は数多い。最近では、石井睦美『愛しいひとにさよならを言う』(中公文庫)が群を抜いている。

これは娘の側から母との蜜月を描く長篇だが、幼い自分が寝つくまで添い寝してくれた母のことを、いつも彼女は思い出す。本を読んでくれたり、話をしてくれたりもしたが、それは絵画の修復という仕事に追われ、「食事のしたくまでひと任せの、そんな母親のもとで育つ娘を不憫に思っての、それが母にできる唯一の母親としての情愛の示し方だったかもしれない」と彼女は思う。

わけあって父親不在の家庭なので、母娘が寄り添って暮らしていた、という事情もあるだろうが、その親しさは際立っている。

さらにこの小説が美しいのは、女手ひとつで娘を育てる母親を、同じアパートに住むユキさんが助けてくれるということだ。この関係が美しい。

同じアパートの住民であってもそれまでまったくの他人であったのに、大きなお腹の母が道路脇でしゃがみこんだとき、そこに通りかかったユキさんが介抱してくれる。二人の交友はそこから始まるのだが、部屋まであとわずかというあの場所で、もう一歩も動けないくらいの貧血が起きたのは、このひとと出会うためだったと母は思う。そういう意味では奇跡の出会いといっていい。この母と娘が親密であり続けるのは、ユキさんのような人がすぐそばにいて、いろんな局面で力を貸してくれたからにほかならない。

これはその美しい関係を描いた小説でもあるのだが、もちろん、これほど子育てがうまくいくのは希有なケースで、現実にはそうでない場合が少なくない。

レーナ・レヘトライネン『雪の女』(古市真由美《ふるいちまゆみ》訳/創元推理文庫)はそういう小説だ。こちらはフィンランド・ミステリである。舞台はフィンランドの南端、首都ヘルシンキに近いエスポー。巡査部長マリアを主人公とする警察小説で、女性限定のセラピーセンターの主が雪深い森の中で死体で発見され、その事件を彼女が調べ始めるというものだ。

しかし、これはミステリなのでこれ以上詳しく紹介するとネタ割れになってしまうだろう。母親が子を生むこと、子を育てること、その母と子の関係とは何なのかということがモチーフになっていると書くにとどめておく。ミステリの素材になるということは、母子関係にきしみや歪みがあるということだ。これがヒント。おっと危ない。これ以上は書けない。

そういえば、『愛しいひとにさよならを言う』でも、母親と祖母の関係はうまくいっていなかったことを思い出す。ユキさんも自分の母親との確執をかかえていて、この二人が仲良くなったのは、お互いに家族の助けを借りられないとの事情があったためであることも思い出す。電話で母親と喧嘩しても、何か困ったことがあれば実家に頼ることが出来た私の姉は、まだ救われていたとも言えるのである。

おやっと思ったのは、新野剛志《しんのたけし》『美しい家』(講談社文庫)。こちらも家族をモチーフにした長篇で、読み始めるとやめられなくなる。

主人公は元新聞記者の売れない作家中谷《なかたに》。彼がコンビニの前で拾った女性が、子供のころにスパイ学校にいれられていた、と告白するのが冒頭である。この不思議な冒頭から一気に読まされる。さすがは新野剛志だ。

ここでは、家庭の蜜月、家族の絆、その親密な関係は、求めても得られないものとして登場する。そしてラスト近くで登場人物の一人が印象深い台詞を言う。それはこうだ。

「家族の愛情や絆というものを、現代では当たり前の存在のように語るが、それらは文学が作りだした産物だ。近代以前の家族は生活のための機能的集団であることが普通だった」

ええーっ、そうだったのかと驚くのである。

ダメ男が好き

江國香織《えくにかおり》『はだかんぼうたち』（角川文庫）の中に、布団に入って体を丸めた山口が和枝を思い出すシーンがある。少し長くなるが、その箇所を引く。

つめたい布団のなかで身を縮こめながら――こうして寝る山口を、和枝は笑ったものだった。「ちゃんと身体をのばして寝た方が楽でしょうに」と言って。それでも姿勢を変えずにいると、山口の背中に和枝の胸が、腰に腹が、膝の裏に膝がぴったりくっつく。小柄な和枝にうしろから腕をまわされ、山口は、まるで子供でもおぶっているかのように錯覚しながら、眠りについたものだった――、和枝なら、「大丈夫よ」と言うだろうなと山口は思う。身長が違うので、山口の耳元ではなく肩甲骨に向かって、「大丈夫よ。いまは無理でも、いずれわかってもらえるわ」と、囁くような調子なのにあかるい、聞く者を安心させる声で。

山口は大手の電気メーカーを三年前に早期退職し、持ち家も多少の蓄えも家族に渡して、和枝の死んだ夫が、和枝に残した家に転がり込むが、その和枝は五十七歳で逝ってしまったのだ。身ひとつで来てくれればいいから、二人がたべていくことくらい、何とでもなるから――と和枝は言ったのだが、まさかそれから七か月で和枝が逝ってしまうとは、思ってもいない。で、布団の中で身体を丸めて、和枝を思い出している。そのときの感情はこう描かれている。

「恋しいのだ。気づいて山口は自分で驚く。その言葉の奇妙さと非現実感に、名づけた途端に発生する闇の底知れなさに。自分は和枝が恋しいのだ。事実として、どうしようもなく、恋しいのだった」

還暦も間近の男が、死んだ恋人を思って「恋しい」と思う感情がいい。恋しいと思う心に年齢は関係ない。その真実がここからゆらゆらと立ちのぼってくる。

江國香織『はだかんぼうたち』には、若者から中年まで年齢も性別もまちまちの、さまざまな人物が登場して、その恋のドラマが描かれているが、ここでは山口にだけ焦点を合わせたい。

普通に考えれば、山口はダメ男だ。お前とはもう暮らせないと妻に宣言して家を出たものの、和枝が死んで、その家にもいられなくなり、そうすると無職だから家も収入もない身の上になる。二十六歳の娘を呼び出して、あちこちに分散させて蓄えた預貯金のなかから通帳を一冊だけ返してもらえないだろうかと妻への伝言を頼むのも、こうなれば仕方がない。

このあと山口は違う人生を歩むようになるのだが、それはここでは触れないことにする。彼女の胸や腹や膝の感触を思い出しながら体を丸めて寝ている山口の姿だけを取り上げたい。世間的には、こういう男をセンチメンタルなダメ男と言う。しかし私、この男に限りない共感を寄せるのである。世間的にはダメ男であっても、たとえば一緒に酒を飲みたいと思うのである。ダメ男でもいいじゃん、と思うのである。

デニス・ルヘイン『夜に生きる』（加賀山卓朗《かがやまたくろう》訳／ハヤカワ・ミステリ）の主人公ジョーの場合も、ここに並べておこう。これは、禁酒法時代のボストンを舞台にしたギャング小説で、夜の街でのしあがっていく男の半生を描く長篇である。

ギャング小説が苦手な私がなぜこの小説に惹かれたのかはしばらく宿題にしておく。刑務所内の様子とか、さすがはルヘイン、たっぷり読ませて飽きさせない。

ここで取り上げるのは、みかじめ料を払わない密造者とジョーが対立するくだりだ。その密造者は三人の息子と自家製の蒸留器で酒を造っている男で、父親や祖父の代から続く、狭い範囲のビジネスだから、ジョーの組織の邪魔をしているわけではなく、したがってみかじめ料を払う気もないというわけである。

ジョーが夜の世界で生きる男であるなら、この密造者一家を処分しなければならない。ところがジョーは、商売をひろげないという条件でこの一家を許すのである。おやっと思う箇所だ。

のちに、ギャングの帝王ラッキー・ルチアーノから「おまえは柔《やわ》だという噂が立った」とそのことを指摘される箇所を読まれたい。「おまえなら、あの密造者をどうした？」とルチアーノに質問されたジョーの部下ディオンが「消してたと思います。本人も息子たちも。家族全員、片づけてました」と答えるくだりも読まれたい。ギャングとして生きるなら、このディオンの態度が正当だろう。つまりジョーはギャングとしてはダメなのである。

そうか。苦手なギャング小説であるにもかかわらず、この長篇を一気読みしてしまったのは、だからなのか。間違いなくこれは、ギャングの世界を描いた小説ではあるけれど、実はギャングになれなかった男の話なのだ。そうも言えるだろう。

ここまではいいが、最後に並べるケースは少しだけ抵抗があるかもしれない。はたして理解してもらえるだろうか。『はだかんぼうたち』の山口、『夜に生きる』のジョーのケースは、ダメ男とはいっても、ある種の共感を抱く人は少なくない。ここまではいい。しかし、この場合はどうか。

彩瀬《あやせ》まる『あのひとは蜘蛛を潰せない』（新潮文庫）に出てくる柳原《やなぎはら》さんだ。この長篇は、ドラッグストアの店長野坂《のさか》梨枝《りえ》二十八歳の恋を描く小説だが、その冒頭に出てきてすぐに退場する柳原さんという男がいる。五十歳を目前にしたベテランのパートさんだ。

野坂梨枝が店長をつとめる店は勤続年数が長くて、性格の強い女性店員が多いので、男性は物腰の柔らかい温厚なタイプか、うまく「かわいい弟分」になれる若い人でないと長続きしない。柳原さんは休憩室でもあまり出しゃばらず、穏やかな相づちを打ってまわりに溶け込んでいる。

夜勤のときに梨枝が柳原さんに聞いたところによると、彼は奥さんと二人暮らし。岡山で生まれ育って高校を卒業後、地元の定食屋で働き始め、その店の一人娘と駆け落ちして街を出たというのである。その後はトラックの運転手などをしてきたというのだが、その柳原さんが茶髪の若い女の子と手をつないで繁華街を歩いていたという噂を聞いてすぐ、店に出てこなくなる。隣町のキャバクラの女の子とどこかに行ってしまったらしい。

数日後に奥さんがやってくるともっとびっくり。岡山生まれというのは嘘で、東京生まれの東京育ちだというから驚く。「嘘つきですから、あの人は」と奥さんは言う。柳原さんが女の子と逃げ出すのはこれで三度目なのだという。彼は、若い情緒不安定な女の子と親密になるのが上手く、その場の感情をかき立てる作り話をまるで竹筒に水を流すようななめらかさでしてしまい、そのうちに自分でつむいだ作り話にはまりこみ、女の子とお互いの憂鬱をなめ合うようにしてふらふらと家を出てしまうらしい。

奥さんは次のように言う。

「今回も、なにか、物語みたいなものに酔って、その場の勢いで飛び出したんでしょう。病気なんです。名前のつかない、治らない病気です」

奥さんが淡々としているのは、柳原さんが必ず帰ってくると思っているからで、その理由についてはこう語っている。

「あんなに弱い人が生きて居られる場所なんて、私のそばしかないからです」

誤解をおそれずに言うならば、この男も私、好きだ。立派なことを言うやつはどこか嘘くさい。それよりも、山口やジョーや柳原さんのようなダメ男のほうがいい。息子たちもそう生きてほしいのだが、しかし柳原さんのような人生は親としてやっぱり心配で、こういう男が好きと言ったら誤解されるよな、どう言ったらいいかと悩むのである。

息子たちよ

ゴールデンウィークのど真ん中に、食事に出掛けた。私たちの家族四人、それに義父と義母の総勢六人の食事会だ。

私の家から車で三十分ほど行ったところにレストランがあり、そこで時折、この六人で食事をする。長男の就職が決まったとき、次男が大学に入学したとき、次男の就職が決まったとき――そういう特別のときにだけ行く場所だ。
○日は空けておいてね、とカミさんに言われたとき、はて何のイベントなんだろうと思った。思い当たることがない。尋ねてみると、次男から電話がきて、その日に彼がレストランを予約したという。次男がおごってくれるらしい。
そういえば、家族四人だけの食事を言いだすのはいつも次男だった。幼いころはよく彼が言いだして、家族で街に出かけたものだ。就職してからも近くの街に何度か行ったが、そういうときも彼が予約し、支払いも彼がしている。

六人の食事会は最近開いていなかったので、久々に全員で集まろうということのようだ。本来ならそういうことは私が企画して、言いださなければならないのだが、困ったことにこのダメ親父にその発想はない。休日にはだいたい競馬があるので、そちらに行きたいと思ってしまうのである。

富山から移築してきたという歴史のある建物の二階で、食後のコーヒーを飲み、さあそろそろ帰ろうかと私が言いだしたとき、ちょっと待って、と長男が言う。

浮かせた腰を止めると、結婚しようと思っているんだと彼が言った。そうか、正月に連れてきた娘さんか。相手の実家にも行き、あちらのご両親とも会っているらしい。年内にはするつもりだという。披露宴をするかどうかは未定のようだ。

会計をしている次男に、「おまえ、おにいちゃんのこと、聞いてたの？」と尋ねると、「いや、そんなにすぐには結婚しないと思ってた」との返事。この食事会はそのためのものであったのかな、と一瞬思ったのだが、それはどうやら違ったらしい。

そうか、とうとう結婚するのか。いよいよ我が家も新しい局面に突入することだけは間違いないようだ。

木皿泉《きさらいずみ》『昨夜《ゆうべ》のカレー、明日のパン』（河出文庫）は連作集で、この中に「夕子《ゆうこ》」という短篇がある。これがどういう女性であるかを紹介すると長くなるので、ここでは割愛する。

短大を卒業して普通のOLをしているとだけ紹介しておく。いや、普通じゃないな。誰かと親しくなるとその人がいつ亡くなるかわかってしまうのだから、全然普通じゃない。何年も先のことはわからないが、亡くなる一週前くらいになるとなぜか涙が止まらなくなってしまうという特異体質の女性だ。

そういうことがあると、必ず知り合いが亡くなるので、自分の能力に気がつくのだが、当然ながら誰にも言えず、自然と人と付き合わないようになる。親しくなれば直前にその人が死ぬことがわかってしまうのだから、耐えられない。だったら親しい人を作らなければいい。結婚して家庭を持つなんてこともしなければいい。

そういう夕子が見合いをして、その相手連太郎と結婚してもいいと思ったことには理由があるのだが、それは全部省略。ここでは夕子が承諾したのに母が断って、そこで彼女が連太郎に会いに行くという展開だけを取り上げたい。

結婚してからもまだいろいろあるのだが、それも省略。夕子が連太郎に会いに行き、いろいろ話したときの胸の弾みだけでいい。結婚するというのは、たぶんその胸の弾みなのである。それ以外のものはすべて付け足しだ。

あるいは、源四郎《げんしろう》と廉《れん》の場合もある。谷津矢車《やつやぐるま》『洛中洛外画狂伝　狩野永徳』（徳間文庫）の登場人物だ。これは狩野永徳《かのうえいとく》の半生を描く長篇で、源四郎はのちの永徳である。

狩野永徳を描いた小説としては、ほぼ同時期に、山本兼一《やまもとけんいち》『花鳥の夢』、安部龍太郎《あべりゅうたろう》『等伯』（この主人公は永徳ではないが、永徳は重要な人物として登場する。もちろん直木賞受賞作だ）があるので、比較されやすいが、ここではそのことに触れないことにする。

廉は狩野家にやってきて、源四郎としばらく一緒に暮らすことを紹介するにとどめておく。

正月に羽根突きをして、負けた相手の顔を墨で黒々にして笑っている廉を見ると、こんな年頃の娘を他の家にほったらかして、いったいこの娘の両親は何を考えているのか、と源四郎は思うのである。待てよ、今年齢十七になる娘だというのに、まるで実家側に行き遅れを心配する様子がないのはおかしいと気がつくのは、しばらくしてからだ。

それで祖父に尋ねる。「まさか、とは思いますが、廉さんは、元々この家に嫁ぎに来たのでは」

もしそうだとすると、弟はまだ幼すぎるから相手は一人しかいない。祖父はいたずらがばれたような表情を浮かべて答える。

「お前の許嫁ぞ」

江戸時代の話であるから、こういうことがあっても不思議ではない。しかしここでは、親の決めた相手と結婚することよりも、しばらく一緒にひとつ屋根の下で暮らして、その人の表情も笑い声も聞いている相手と結婚するのだという側面を見たい。

つまりある意味では幼なじみといっていい。厳密には違うけれどまったくの見知らぬ他人ではない。もうひとつは、狩野家に住み込んでいるということは、源四郎の仕事ぶりをずっと見ていたということで、その意味では職場結婚にも近い。

ようするに結婚には、いろいろな形態があるということだ。見合い結婚もあれば、職場結婚もあり、幼なじみ婚もある。ではなぜこの二人は結婚しなかったのか。

最後に取り上げるのは、乙川優三郎《おとかわゆうざぶろう》『脊梁山脈』（新潮文庫）だ。

著者初の現代小説で、これも詳しく紹介すると長くなるので、物語の背景は割愛する。

主人公の信幸《のぶゆき》が終戦直後の上野で荷物をとられ、困っているときに声をかけてきたのが、御徒町のガード下でスタンドバーを営んでいた佳江《よしえ》であること。そこから長い交友が始まること。信幸は超モテ男なので他にもさまざまな女性がいること。佳江にも男の影がないことはないが、信幸との間に微妙な関係が続いていくこと。そう書くにとどめておく。

この二人は結婚しないまま別れていくが、ほんの少しのことで結婚したかもしれない。つまり、結婚は胸の弾みでするものだが、その相手が生まれたときから決まっているわけではない。ほんの偶然の積み重ねで、私たちは相手を選んでいる。だから生活は、そして人生は面白いのである。

次男もいずれは結婚するだろう。長男も次男も、出会った縁を大切に、悔いのない人生を歩んでほしい。だめ親父に何も言う資格はないのだが。

あとがき

息子たちに本は勧めない、と決めていた。私も親に勧められたことは一度もない。家中に本が溢れていたというのに、これを読め、と言われたことがない。親に勧められなくても、いつかは本を読み始めるかもしれないので（私がそうだった）、それでいい、と考えていた。

読書の機会を与えなければ、その子が一生、本を読まないということも考えられるが、それならそれでもいいと思っていた。本を読んだからといって、素晴らしい人生が必ず待っているわけでもないのだ。

ところが、長男が中学三年のとき、魔がさしたというか、本を勧めてしまった。それが小野《おの》不由美《ふゆみ》の「十二国記」。第五部『図南の翼』が出たときに、このシリーズを知ってぶっ飛んだ私は、我慢できずに勧めてしまったのだ。「ちょっと面白いぜ」と。それ以前も、それ以後も、息子に本を勧めたことはない。そのとき一度きりである。

感想は聞かなかった。聞くのはちょっと怖い。あとでカミさんに聞くと、学校で教師に注意されたという。長男が『図南の翼』を持っていることに気がついた教師は「そんなものを読む暇があったら、漱石か芥川を読め」と言ったという。ようするに試験に出るようなものを読め、ということだ。中学三年といえば受験生であることを、私、すっかり失念していた。

週末の夕方に、よく隣街の書店で待ち合わせたことは本文でも書いたけれど、長男が高校に入ってしばらくしたころ、いつものように書店で待ち合わせ、息子たちが好きな本を持ってくるのを待っていたら、「あの本の続きはまだ出ないの？」と長男が言った。おお、君もあれが面白かったのか。

これまで私は、編著と共著を除くと、北上次郎十九冊、藤代三郎二十七冊、目黒考二十三冊と、単行本を上梓してきたので、本書が六十冊目の著書となる。しかしそのうち一冊も息子たちに渡したことがない。なんだか恥ずかしいのだ。ところが本書は、最初から彼らに渡そうと考えている。正月になると長男と次男が実家にやってくるので、その席で渡すつもりである。読んでくれなくてもいい。彼らの書棚に置いていてくれれば、いつの日か、私が死んでずいぶんたってから、ふと手に取るかもしれない。それで十分だ。

本の評価とは関係なく、その本を読んだときに湧き上がった感想を書きとどめる「書評エッセイ」とでも言うべきものを、私はこれまで、『中年授業』『感情の法則』『別れのあとさき』『記憶の放物線』『新・中年授業』と、上梓してきた。本書が六冊目である。

これまでの著作が、男と女、その恋愛模様を中心にしていたのに比べ、（もともとは青木《あおき》雨彦《あめひこ》『夜間飛行』『課外授業』が好きで、私も書きたいと始めたものであった。もちろん、青木雨彦さんの軽妙洒脱なエッセイには到底及ばないが）、本書が若干異なるのは、二〇〇六年から二〇一三年まで「プレジデント・ファミリー」に連載したものをもとに加筆修正したものであるからだ。掲載誌の性格に合わせて内容も「親子」「家族」に限定というか、それらのテーマを中心にしている。その連載が二〇一三年に終わったので、その後のことがここには書かれていない。そこで、ここではその後の六年間に起きた出来事について少しだけ書いておきたい。

　この連載が終わった直後だったと思うが、次男と中京競馬場に行った。そのころ彼は名古屋に転勤になっていたので、私が競馬仲間と中京競馬場に行くことになったときに誘ったのである。土日たっぷり戦って、その帰り道、競馬場から近くの駅に向かって歩いているとき、「秋になったら帰るから」と彼は言った。帰るってどういう意味？　会社をやめると言うのだ。やめてどうするんだ？　教師になる、と彼は言った。それ、お母さんに言ったのか？　と尋ねると、母親の賛成はすでに貰っていると言う。そこまで決まっていると、私には何も言うことはない。

　その夏は、私がスマホを買った夏でもある。ずっとガラケーを使っていたのだが、競馬場でもガラケーの充電が出来なくなっていたころで、カミさんがスマホを買うと言うので私もついていった。新しいことを一人でやるのはためらわれるが、誰かと一緒なら怖くはない。もともと携帯は競馬場で待ち合わせたときなどに使うだけで、ほとんど使わないからなくてもいいのだ。しかし、いざというときに競馬場で充電もできないのは困る。で、スマホを買って、これで終わりだと思っていると、今度は、LINEを始めてくれ、と長男が言う。そのころ、法事とか長男の新居披露とかが重なって、家族親戚が集まる機会が多く、そのたびに各自にメールするのは面倒くさいと言うのだ。どうして面倒くさいのか、よくはわからないのだが。

で、仕方なく、家族四人のグループを言われるまま作った。いや、私が作ったわけではなく、家族が集まったときに自分のスマホを渡して、グループに入れてもらっただけだが。法事が終わり、新居披露も終わり、一段落すると、そのグループLINEが発動することもなく、ふーんと思っていたら、暮れに長男からメッセージが届いた。

「来週、ロシアに行ってきます」

彼は大学を出てから広告代理店に勤め、そこでどんな仕事をしているのか、私はまったく知らないのだが、海外を飛び回っている。そういえば、つい数か月前、ロンドンで荷物を盗まれて悪戦苦闘していると母親にメッセージが入ったらしい。

で、ロシアに行ってくるとのメッセージが入った話の続きだが、そのグループ画面を見ていたら、「気をつけて」と母親が書き込んできた。次いで、「風邪引くなよ」と誰かがすぐに。スタンプから次男と一目でわかる。最後に私が「いい旅を」と打ち込んだ。

そのとき私とカミさんは別の部屋にいて、次男は外出していた。つまり、全員が一緒の部屋にはいないのである。にもかかわらず、四人の言葉がひとつの画面に一緒におさまっている。それを見たら感動してしまった。家族が繋がったかたちが目に見えているのだ。これ以上の繋がりはあり得ない。
その話を競馬仲間にすると、君は普段家族と一緒にいることが少ないから、そういうことに感動するんだよ、と言われてしまったが、そうかなあ。もっとも家族のグループLINEはその後一度も発動されることがなく、ひっそりとしたままだ。私は時折、仕事に疲れた深夜、その画面を開いている。

それから数年して教職の資格を取った次男はいま、教壇に立っている。小学一年生のとき、学校に行く途中の森でどんぐりを拾っていつも遅刻していた幼子が、いま教壇に立っているとは感慨深い。来春結婚すると報告を受けたのは先月だ。私が報告を受けたわけではない。カミさんから聞いた。その披露宴が京都で行われると聞いて、急いで調べたらちょうど京都競馬が開催中。それなら、ちょっとだけ寄っていこうか、とただいまは計画中である。

北上次郎

二〇一九年十二月

本書は雑誌〈プレジデント・ファミリー〉に二〇〇六年六月から二〇一三年五月まで連載されたエッセイを大幅に加筆修正のうえ、再構成したものです。

息子《むすこ》たちよ

2020年１月10日　初版印刷
2020年１月15日　初版発行

＊

著　者　北《きた》上《がみ》次《じ》郎《ろう》
発行者　早　川　　浩

＊

印刷所　中央精版印刷株式会社
製本所　中央精版印刷株式会社

＊

発行所　株式会社　早川書房
東京都千代田区神田多町２−２
電話　03-3252-3111
振替　00160-3-47799
https://www.hayakawa-online.co.jp
定価はカバーに表示してあります
ISBN978-4-15-209908-2　C0095

Printed and bound in Japan
乱丁・落丁本は小社制作部宛お送り下さい。
送料小社負担にてお取りかえいたします。